地味な事務官は、美貌の大公閣下に愛されすぎてご成婚です⁉

Subaru Kayano
栢野すばる

JN044951

Honey Novel

Illustration

炎かりよ

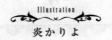

CONTENTS

本作品の内容はすべてフィクションです。
実在の人物、団体、事件などにはいっさい関係ありません。

プロローグ

その日、エスマール帝国一の大貴族が妃《きさき》をめとった。

結婚式は、帝国最大の聖堂『エルター大聖堂』で行われた。

皇族、貴族だけではなく、属国の王族や貴族までもが招かれた盛大な挙式である。

来賓の人々は皆、花婿であるアンジェロの美貌に圧倒されていた。

「三国一の花婿様だ……！」

「なんてお美しいお方なの」

「見て、すごい花婿様！　すごいわ！」

アンジェロが当主を務めるハーシェイマン大公家は、エスマール帝国の筆頭貴族である。

四大公爵家を統括する名門だ。

だがアンジェロは社交界にはめったに顔を出さない。

有能で、剣の達人で、容姿は怖いほど綺麗《きれい》で……他者に誇れる要素は山ほどあるのに、
黙々と自分の義務をこなす日々を送っているからだ。

ゆえに初めてアンジェロの姿を見た人間が多く、皆その美貌に圧倒されていた。

「おめでとうございます！　アンジェロ様万歳！　アンジェロ様万歳！　ハーシェイマン大

公閣下万歳！　宵闇《よいやみ》騎士団万歳！　花嫁様も万歳！」

花嫁のエリィは、傍らの花婿、アンジェロをちらりと見上げた。

――みんながアンジェロに注目している……無理もないわ、だってこんなに綺麗な人なんだもの。

アンジェロは金髪に、青い目の美丈夫だ。

切れ長の目に凜々《りり》しい顎の線。

通った鼻筋と薄い唇が、華やかな美貌に清冽《せいれつ》さを添えている。

波打つ長い髪は、左側にまとめてゆるく三つ編みにし、結び目に一輪だけ白いバラを飾っていた。

――本当に、絵から抜け出してきたみたいな花婿様。素敵すぎるわ。

一方のエリィは平凡な娘である。年齢はアンジェロより七つ下の十八歳だ。

髪の色は明るい茶色で、目の色は緑。背は平均より高く、やや痩せている。

決して不細工ではないはずなのだが、アンジェロの傍らに立つと地味な娘であることは否めない。しかも家柄もたいして高貴ではない。

――こんなにも花婿だけに注目が集まる結婚式、他にないかも！

口元をほころばせたとき、エリィの頭の上から静かな声が降ってきた。

「エリィ、疲れましたか？」

アンジェロの青い目がまっすぐにエリィを見つめている。彼と腕を組んだまま、エリィは小声で答えた。

「大丈夫です」

その答えにアンジェロが微笑《ほほえ》む。

『大公閣下』の優しい笑顔は、ただエリィだけに向けられていた。

二十五歳まで婚約さえ拒んでいた孤高の大公閣下が、突然下級貴族の娘をめとった。

しかもその娘は、びっくりするほど地味だった。

世間は『アンジェロが政略結婚から逃げるために契約結婚をした』とか、『同性愛者であることを隠すための偽装結婚だ』『黒魔術で洗脳されたのでは』などと言いたい放題だ。

だがエリィは悪い噂《うわさ》を一切気にしていない。

この結婚は、お互いの意思で決めた『恋愛結婚』だし、アンジェロと心通わせ、彼を愛して妻になることを決めたからである。

誰が信じるだろうか。

この高貴な絶世の美青年がエリィの両親に土下座して『僕の全力をもって幸せにします。どうかエリィさんとの婚約をお許しください』と額を床にこすりつけた、なんて。

「やっぱりエリィはこの世で一番可愛《かわい》いうえに綺麗ですね……」

蕩《とろ》けるような笑顔で囁《ささや》きかけてくるアンジェロに、エリィも笑顔で答えた。

「ありがとう。アンジェロこそ、本当に綺麗だわ」

第一章　新人事務官着任

『見てなさい、ママは男に媚《こび》なんか売らずに、あなたに毎日ごはんを食べさせてあげるからね！』

国王の寵姫《ちょうき》の任を解かれたとき、エリィの母アリッサは十九歳だった。

母アリッサの実家は、エスマール帝国の属国、ペーリー王国の貧乏伯爵家である。

祖母は帝国から嫁いできた下級貴族の娘で、ペーリー王国にやってきてからも『帝国流マナー』にこだわり続けたそうだ。

もちろん母は、それは厳しく帝国流マナーを叩《たた》き込《こ》まれた。

そしてある日、王宮の小さなパーティで国王に見初められてしまったのだ。

『なんと優雅で可愛らしい令嬢なのだ……！』

母はたったの十六歳で『寵姫』として軟禁され、一度も家に帰してもらえないまま国王に抱かれてエリィを産んだ。

国王の頭は大丈夫か、と囁かれるほどの寵愛《ちょうあい》ぶりだったらしい。

だがエリィが二歳のとき、王妃がとうとう爆発した。

『あんたばっかり陛下に抱かれて！　なんなのよ！』

王妃に理不尽にどつき回された母は『王家最凶』と噂の王太后に訴えた。

『国母にふさわしいのは美しく気高い王妃様です！　私が産んだ子のことはお忘れください、私ども親子を追い出してください、どうか……！』

王太后は、王位継承権から身を引いた母の無欲を評価し、金貨十枚を与えて城から放り出した。そして、母に追いすがろうとする国王の鳩尾《みぞおち》に重い一撃を食らわせたらしい。それも噂で、母も現場は見ていないそうだが。

その後、母は実家から『帰ってくるな、ふしだらな娘はいらない』と拒まれ、エリィを抱いて丸一日泣いたという。

涙が涸《か》れ尽くしたあと、すべてを踏み台にしてのし上がってやると決めたそうだ。

『ママの実家はお金がないの。お金がないって心がないのと同じなのよ。だからこぶ付きのママに帰ってこられても困るんですって。ママを迎えに来なかったのも、あの馬鹿……じゃなくて国王陛下からお金を受け取っていたからなのよ。でもママは絶対に、エリィを守るわ』

母が始めたのは女性向けのマナー教室だった。

エリィを親切な八百屋のおばさんに預かってもらい、母は女性向けのマナー講座を開いた。

なんと、自分が『王宮から追い出された寵姫』であることを明かして客を集めたのだ。

『気になる殿方に振り向いてほしいそこの貴女《あなた》、国王陛下のお心を摑《つか》んだわたくしの手の内をすべて明かしますわ』

そう言って、きっちり帝国流マナーを教え込んだらしい。

評判は上々、噂の『愛されすぎて王妃に叩き出された寵姫』が、男の気を惹《ひ》いてやまない振る舞いを教えてくれるらしいと、別の町からも生徒がやってくるほどになった。

そしてちゃんと帝国流の正式なマナーを学んで卒業していった。

王太后からは『子育てを頑張る貴女に免じて、王家の恥を語る商売を見逃してあげましょう』という手紙までもらったという。

——あの頃はお金がなくって、本当に大変だった。変な草を食べては死にかけたり。でも私は丈夫なお腹《なか》に育ったから感謝だよね。お母さんには感謝しかない。

かくして母は田舎《いなか》町でお金を貯《た》め、エリィを連れて帝都に出てきた。

帝都のマナー学校の講師採用試験を受け、そこで一番の教師になったあとは、独立してマナー教室を開いた。

こちらでは一般の授業に加え、女性をうまくエスコートできない男性、自信のない男性に助言する『素敵な殿方になる秘訣《ひけつ》』という授業も始めて、大人気になったのである。

そして母は、その授業で出会ったクレイガー男爵に求婚された。

娘を抱え、自らの才覚だけで生き抜いてきた母の目はとても厳しかったらしい。

だが母より三つ年下のクレイガー男爵は、母の『審査』に合格した。

『今までたくさんの人にプロポーズされたけど、あんなに素敵な人はいなかったわ』

こうして母は、エリィが十三歳の時に『クレイガー男爵夫人』となったのだ。

しかし……。

エリィは継父と母の熱々ぶりにいたたまれない日々を過ごすことになった。

母はまだ若かったので、結ばれてすぐに赤ちゃんを授かったのだ。

――新婚家庭のお邪魔虫でいるのがちょっと……。

笑顔で大きなお腹に手を当てる母と、その手に己の手を重ねて幸せそうに微笑む継父。二人の世界の横で微妙な距離感を保ちつつ、礼儀正しくニコニコしている自分。

優しくて男前な継父のことは大好きである。

もちろん命がけで育ててくれた母のことも心から愛している。

だが家を離れたかった。

裕福で優しい夫を得、やっと人並みの幸せを摑んだ母に、連れ子の自分を気にすることなく幸福な新婚生活を満喫してほしいと思ったからだ。

そんなある日、継父が言った。

「エリィは全寮制の学校に行きたいと言っていたよね」

「はい、でも女の子用の全寮制の学校はないんですよね？」

「知人に言われて思い出したんだが、帝国軍の士官養成学校が女子にも門戸を開いているんだよ。そこも全寮制なんだ。でも授業が厳しいし、到底女の子に勧める気には……」

「行きます」

エリィは即答した。

「私には剣の才能とかないと思うので、帝国軍の事務官を目指せたらなと思うんです。もちろん基礎訓練とか大変だと思うんですけど」

「でも君が家を離れたら父さんも母さんも寂しいよ。それに帝国軍の寮生活なんて厳しいから心配だ。女学校に通って、うちからお嫁に行くのでは駄目なのか？」

継父は本当に優しい人なのである。エリィの胸が痛んだ。

「本当に軍で働いてみたいんです！　えっと、制服とか筋肉とか格好いいから」

「わかった。では僕の知り合いに帝国軍士官学校の職員がいるから、彼に君の進学について相談してみよう」

継父はそう請け合ってくれた。

こうしてエリィは一ヶ月後、士官学校の門をくぐることになったのだ。

――自分で行きたいって言ったんだから頑張らなきゃ。

士官学校では真面目《まじめ》に四年間勉強し、無事に優秀な成績で卒業が決まった。

その間に、母と継父は二人の可愛い子供に恵まれた。

◆

「ア……アンジェロ……お前が来てくれて助かったよ……」

第三皇子の言葉に、アンジェロ・ハーシェイマンは顔色一つ変えずに答えた。

「皇宮中が大騒ぎになっていたので、仕方なく殿下をお探ししておりました」

アンジェロの真っ青な目には、なんの感情も浮かんでいない。

足下には、ほぼ首を落とされた半裸の女の死体が転がっていた。

「そ、それにしても、兄上や父上の言うとおりだな、お前は女にも容赦はしないって」

「容赦していたら、殿下は今頃短剣に塗られた毒で麻痺《まひ》を起こし、窒息して絶命されていたことかと」

言いながらアンジェロは、床に落ちた女物の短剣を一瞥《いちべつ》する。緑褐色の反射光が見えた。塗られているのがなんの毒かはすぐにわかった。神経毒の一種だ。

第三皇子がいない、と衛兵に報告されて真っ先にこの場所を思い浮かべたのは、ひとえにアンジェロの勘だ。

『皇宮の第二十三応接間では、これまでに七人の皇族が殺されている』と聞いたことがふと頭に浮かんだのだ。

大きな建物には、不思議と人目に留まらない、隙ができやすい場所がある。

そして皇宮のように多くの人の念が渦巻く場所は、必ず死を呼び続ける。

嫌な予感を覚えながらそこに駆けつけてみたところ、助けてくれと叫び続ける第三皇子の声を聞いた。

──昔から嫌な勘だけはよく当たる。

第三皇子は、連れ込んだ侍女が短刀を振り上げて襲いかかるのを、必死に押しとどめながら全裸で喚《わめ》いていた。

運のいい男だ。刃がかすっていれば今頃命はなかった。

——身元のわからない女の前で護身の剣すら手放されるとは。警戒心がないのか、あるいは、ないのは学習能力か……。

「では」

アンジェロはズボンを穿《は》いただけの第三皇子にそう告げ、絶命した女刺客の身体《からだ》をまたいで薄暗い場所にある目立たぬ部屋を出ようと扉に手をかけた。

「待てアンジェロ、死体はどうするんだ」

「ご自分で」

なぜ自分が始末まで手伝わねばならないのか。

そもそも第三皇子の捜索に巻き込まれたのも偶然、助けたのも偶然だ。今回の仕事は『宵闇騎士団』に下された皇帝命令とはなんの関係もない。

「おい、なんとかしろ、アンジェロ」

「今回お助けしたのは私の厚意です。あとはご自分で」

「ぼ、僕はお前の未来の義兄だぞ？　チチエリアと結婚したら、僕をお兄様と呼ぶ立場だろう？　将来も贔屓《ひいき》してほしければ……」

『チチエリア』という名前に、アンジェロはわずかに顔を歪《ゆが》める。

聞きたくもない『自称婚約者』の第六皇女の名前だったからだ。大嫌いな女、アンジェロに言わせれば、チチェリアはその一言に尽きる存在である。

「そのような予定は、僕にはありませんので」

アンジェロは言い捨てて、明るい場所で剣を確かめる。

——また一つ皇族の醜聞が増えたな。殿下は何度女で失敗なされば学習するのか。

剣についた血と脂を念入りに拭き取り、汚れたハンカチを丁寧に畳んだ。そして抜き身の剣を鞘《さや》に戻す。

最後に白いシャツと黒いズボンに返り血がついていないことを確かめた。

大公にしては地味すぎると侍従長に文句を言われるが、これがアンジェロの普段着だ。寒ければ飾りのない上着を羽織る。

——汚れていない。よし、戻ろう。今日からはしばらく事務作業に集中できる。

昨日まで携わっていた麻薬組織の大規模粛清は、八割方成し遂げた。

アンジェロ率いる宵闇騎士団に下された密命は、皇帝が目の敵にしていた麻薬密売組織の帝都支部に打撃を与えることだった。

重要な『表社会』の協力者の船を燃やしたので、しばらくは動けないだろう。

——まあ、僕たちの代で麻薬組織が潰《つい》えることはないのだろうな。貴族には麻薬中毒者が多い。薬の供給を完全に絶てば、水面下で反感を買うのは陛下だ。なんて腐った国だろう。

何に命を賭けているのか時々わからなくなるな。

アンジェロは病に倒れた父に代わり、十五歳の時から宵闇騎士団の総帥位に就いている。

亡き父から継いだ職務の一つで、肉体的に一番辛《つら》い仕事でもある。

『アンジェロ、お前には多くの責任がある。すべての義務を果たし、非の打ちどころがない大公として生きろ』

それが父の遺言だ。

父は、アンジェロを辛く苦しい『大公位』に縛りつけて八年前にこの世を去った。

歴代大公は総帥位にあっても実戦には参加していない。それは父も同じだった。

しかしアンジェロは、父の厳命により戦いを免除されなかった。

記憶にもないほど幼い頃から厳しい剣の稽古をつけられ、どんなに辛くても、大怪我《けが》をしても『騎士を辞めること』は許されなかった。

息子が潰れること、大公にふさわしくないと証明されることが父の願いだったからだ。

父は、与えた試練をすべて完璧にこなすアンジェロを憎んだ。

厳しい戦いを生き抜いて帰ってくるアンジェロを憎んだ。

『次期大公にふさわしい』と称《たた》えられるアンジェロを憎んだ……。

――なぜ僕は、あんなに父上に憎まれたのだろう。父上の劣等感を刺激したからだと皆は言うが……いや、いい。下らぬことを思い出してしまったな。

アンジェロはそのまま皇宮を出て、まっすぐに宵闇騎士団の本部に向かった。

――明日から、僕にとっては初めての『新人』が来る。

明るいことを久々に考えたら、心がわずかに弾んだ。

宵闇騎士団の事務官は、皆四十歳以上の男性ばかりである。

皇帝の勅命を裏で果たす仕事中心なので、機密事項が多すぎる。ゆえになかなか新しい人間を雇用できなかった。

しかし二十年選手の事務官たちが最近、腰痛、目のかすみ、肩こり、集中力の低下をとみに訴えるようになってきた。そして口々に『過重労働』を訴える。

——四十肩……か……事務官たちにも苦労をかけた……。

そのため、帝国軍の総本部と相談して『新人を一名、事務官として雇用する』ことになったのだ。

そして総本部の人事部長から『噂話に興味がない』『口が堅い』『責任感が強い』女子卒業生のリストを渡された。

士官学校での言動は、生徒が思う以上に細かく観察され、記録されているのだ。

その中で目を惹いたのは、一人の女生徒の身上書だった。

エリィ・クレイガー、十八歳。趣味は美味《おい》しいものを食べること。

母親が何かと目立ち、噂の的になって理不尽な思いをしたこと多数。

よって人の噂話を聞きたがらない傾向にある。

士官学校内では、教師が様々な噂話を振っても、知らないと答えるばかりだった。

さらには口も堅く、仲のよい友人たちにも、自らが『ペーリー国王の庶子である』ことを一度も喋《しゃべ》らなかったという。

選考の末、彼女が宵闇騎士団の事務官に採用された。

──若い女性……か……何を喋ればいいのか……。

アンジェロはあまり多くの人と会話したことがない。

最後に知らない人と喋ったのは昨夜。

殺す相手に『貴様に命乞いの余地などない』と教えたときだ。

──日常会話は……苦手だし……。

歩きながら新人との交流方法を考えていたアンジェロは、ふと思い立った。

──美味しい物が好きというならば、菓子を差し入れるか……。

アンジェロの趣味は薬品調合と菓子作りだ。

父の目が黒いうちは、甘い菓子など一度ももらえなかった。

だから父が死んだあと、侍従長と厨房《ちゆうぼう》長に習って自分のために菓子を作った。菓子作りは、父がいなくなった家でアンジェロが初めて見つけた光だった。

──菓子を作って渡せば、新人とは無難な関係を築けるだろうか？

数年前の、士官学校での惨劇を思い出したからだ。

たしかあれは校長が企画した、成績優秀者と宵闇騎士団の懇親会だった。

士官学校が貴族出身の成績優秀者を集め、毎年志望者が少ない宵闇騎士団との交流会を開いてくれたのだ。

あれを惨劇という。あんな悲劇を二度と起こしてはいけない。

部下の『特殊行動班』の騎士たちは『弱いひよこ』になんの興味も示さず、生徒たちは『危険な任務全般』を請け負う宵闇騎士団の精鋭たちに怯《おび》えきっていた。

——僕が、連れていく面子《メンツ》を間違えたのだ。

学生たちと会話できるのはアンジェロだけだった。

アンジェロが話しかけても、女子生徒は真っ赤な顔で無言でうつむき、男子生徒は同じく真っ赤な顔で『光栄です』と言うばかり。

校長が気を遣って『大公閣下がお詳しい分野の話を聞かせてやってください』と言うので、特殊毒物とその解毒法の話をたくさんしたが、まるで盛り上がらなかった。

『では、これから帝国軍の騎士として戦いに挑む生徒たちにご助言を』

校長がさらに頑張って盛り上げようとしてくれたので、気合いを入れて答えた。

『本番では敵の首を落とすつもりで剣を握れ』

アンジェロの助言にその場は静まり返った。

焦ったアンジェロはさらに詳しく説明した。黒板に図まで書いた。

『心臓を刺し貫くだけだと数秒は動ける場合がある。首を落とせばそれ以上相手は攻撃してこない。もしくは武器を持つ腕を斬り落とすのもいいだろう。何事も応用だから慣れれば効率的に敵を無力化できる。それから毒薬を使う場合はその後の死体の処理に注意したまえ。何も知らない回収兵が毒に触れると二次被害が起きる』

皆、青白い顔で何も言わなかった。話が面白くなかったらしい。

――やはり『大公閣下のくせに人殺し』と悪名高い僕が来ないほうがよかったのでは。

悲しい気持ちになった。

名門貴族の子女の間で、自分が『人殺し』と呼ばれていることは知っている。

アンジェロが、宵闇騎士団の機密任務に参加していることが広まっているのだ。

『大公閣下って、人を殺したことがおありなんですって』

『まあ、下の者に手を汚させずに？　信じられませんわ』

『でも、大公妃の地位は魅力的ですわよねぇ！』

パーティで聞こえてしまった、貴婦人たちの会話が頭にこびりついて離れない。

アンジェロの悪口に、皆が強く激しく同意していた。

『ハーシェイマン大公は人殺しで怖い、けれど地位と財産は魅力的だ』

皆、自分たちの安全がどうやって保たれているのかさえ考えないのだろうか。戦う者がいるから、平和が守られているのに……。

あの日からアンジェロは、不特定多数が出席するパーティには極力顔を出していない。

偏屈者と言われようと、『大公閣下に出席していただかないと箔《はく》がつかない』と懇願されようと、招待状の九割は無視だ。

――僕は人付き合いには向いていない。苦手なことは抱え込まないに限る。

今度来る女性の新人は、男爵家の令嬢だという。

――人殺しの大公閣下……という噂も、新人の耳には届いているのかも……。

そう思うと胃がねじ切れるくらい痛くなった。

——女性で、貴族で、若い。おそらく僕との相性は最悪だ。よし……僕がアンジェロ・ハーシェイマンだということはしばらく伏せ、別の名前を名乗って過ごそう。

それがアンジェロに思いつく精一杯の案だった。

新人がちょっと慣れてくれたら本名を名乗ろう。

その頃にはきっと『噂ほど怖くない人』と思ってくれるに違いない。

——別名はいい案だな。なんと名乗ろうかな？　帰ったら団員たちに新しい僕の名前を周知しなくては。新人を怖がらせないためだと言って協力してもらおう。

そう思いながら、アンジェロは青く晴れ渡った帝都の空を見上げた。

◆

実家を出てから四年後。

士官学校を十八歳で卒業したエリィが配属されたのは、宵闇騎士団の本部だった。

帝国軍は五つの騎士団に分かれている。

筆頭は皇帝直属の『皇帝騎士団』だ。近衛《このえ》隊もここから選ばれる。士官学校の皆も皇帝騎士団への配属を夢見ていた。いわゆる『花形』の騎士団だ。

他の四つは、帝国の四大公爵家の麾下《きか》に属している。各公爵の広大な領地を守る騎士団で、地方勤務が確約されている。

地元に帰りたい者は、実家に近い騎士団を希望する習わしだ。

しかしエリィが配属されたのは、皇族に次ぐ名家と言われる、ハーシェイマン大公の麾下にある宵闇騎士団だった。

――『事務官希望、配属希望地は帝都内』と書いたら、ここに配属されたんだよね。皇帝騎士団の事務官になれると思ったんだけどな。

宵闇騎士団は、人数が他騎士団よりはるかに少ない。

他の団では手に負えない緊急事態の対応を担う騎士団で、騎士たちも『精鋭中の精鋭』が選ばれているらしい。

『特殊行動班』という部署に所属している騎士たちが、その『精鋭』に当たる。

総帥のハーシェイマン大公も相当な剣の使い手であるという噂だ。

だが、恐ろしい評判のわりに、宵闇騎士団での勤務は普通の事務仕事ばかりだ。

制服も他の騎士団と同じ、男女ともに同じデザインのものが貸与されている。

――ズボンはドレスより動きやすくていいな。

『長い髪は一つに縛る』という服装規定も、士官学校のときと変わらない。エリィもまっすぐな背の半ばまでの髪を、黒いひもで一つに縛っている。

「本日は伝達事項とくになし、以上、業務開始」

朝八時、宵闇騎士団本部四階にある『参謀本部室』の上座に座った本部長の命令で、職員たちが一斉に働き始める。

就職して三ヶ月経《た》つが、エリィはまだハーシェイマン大公の顔を拝んだことはない。高貴な大公様は、わざわざ騎士団本部に出勤なさる必要などないからだ。

――他の騎士団でも、総帥閣下が顔を出すのは年に数回って同級生に聞いたし。総帥って、どの騎士団でもパトロン的な存在だもんね。

その日、銀行での給与振込手続きを済ませて、エリィは昼過ぎに仕事場に戻った。途中サンドイッチを買ってきたので、それを昼食にして仕事を続けるつもりだ。

――今日はジェイさん、来るかなぁ……。

残作業を確認しながらサンドイッチを頬張っていると、足音が聞こえた。机の上に綺麗な紙にくるんだクッキーが置かれる。

「どうぞ」

――来た……！

「ジェイさん、ありがとうございます」

エリィは傍らの男を見上げて、笑顔になった。

クッキーを置いてくれたのは、ジェイという二十代半ばの青年だ。

端麗な顔に、気品溢《あふ》れる笑みを浮かべている。

静謐《せいひつ》な泉のような印象の、とびきり美しい男だ。

――あー、ジェイさんは本当に美人……男の人なのにこんなに綺麗だなんて……。

一つに縛った波打つ黄金の長い髪。いつも、のりの利いた清潔なシャツ。長い脚をさらに長く見せる黒いズボン。質素な格好なのに、これ以上ないくらいの格好よさだ。

——うちの騎士団、私服で勤務できる職種もあるのね。

何より印象的なのは瞳だ。ジェイの瞳は真っ青で、吸い込まれるように美しい。

「今日のクッキーもジェイさんが焼いたんですか？」

「はい」

口数の少ないジェイが、微笑んで頷《うなず》いた。

その声も低くてちょっぴり甘く、本当に素敵だ。

「昨日のレモンのパウンドケーキもとても美味しかったです、いつも本当にありがとうございます！」

エリィも笑顔でお礼を言った。

「よかった」

そう言ってジェイは、はにかんだように笑う。白い頬がかすかに赤く染まり、近寄りがたい完璧な美貌が親しみやすいものに変わる。

——ジェイさん、照れ屋で可愛いんだよなぁ。

エリィの胸が温かくなる。彼の存在はエリィにとって日々の癒《い》やしだ。

「では」

ジェイは律儀に頭を下げると、別の席へとクッキーを配りに行った。彼が身動きするだけ

でとてもいい匂いがする。

——姿勢もいいし、歩き方も品があるし、背も高くて何もかもが綺麗。お母さんが見たら『うちのマナー教室で講師をしてほしい』って本気で勧誘しそう。

ジェイは宵闇騎士団の雑用係らしい。

上司は『ジェイさんはなんでもやってくれるんだよ。とにかく色々……たとえば配管の修理とか……』と教えてくれた。

どうやらエリィと同等の雑務係で、職種が違うようだ。

エリィが入団してからというもの、ジェイは週に何度かやってきては『わからない仕事はないか』と聞いてくれる。

——すっごく優しいんだよね……新人の私にも……。

そしてすべての質問に、完璧に的確に答えてくれるのだ。

掃除用具の場所、備品の補充方法、帝国軍公式の書類の整え方、ゴミ捨て場の場所。

さらには、近隣の安くて美味しいお弁当屋まで何もかも……。

本当に面倒見のいい先輩なのである。

ジェイの笑顔を見るだけでほっとして心が温かくなる。

ただ、彼の職種は未《いま》だに不明だ。

皆『エリィさんとは違うけど、雑用みたいな仕事をしている人』としか教えてくれない。

そんな職種が宵闇騎士団にあるのだろうか。

だが、正規の職員であることは間違いない。

本部長や副総帥ですらも、ジェイと笑顔で会話を交わしているのを見た。

——毎日出勤してくるわけじゃないし、私とは契約が違うのかも。

そう思いながらエリィはジェイの焼いたクッキーにかじりついた。

中に木の実が入っている。香ばしい味が口いっぱいに広がった。

——甘いもの好きだから嬉《うれ》しいな。本当にジェイさんってお菓子作りが上手。

サンドイッチもクッキーも食べ終えて再度仕事に集中していると、ジェイが戻ってきて紙袋からクッキーを二枚差し出した。

「余りました」

残りをわざわざ持ってきてくれたらしい。お菓子が大好きなエリィに余りの分をくれる優しさが嬉しい。

「ありがとうございます！　今日は残業の予定だったので夜食に取っておきます」

「残業ですか？」

「はい、なんだか今日は飛び込みの作業が多いので」

「仕事が多すぎる場合は、上席事務官や本部長たちに相談してくださいね」

ジェイは微笑むと、足音もなく参謀本部室を去っていった。後ろ姿まで見とれてしまうくらいに綺麗な人だ。

——さて、仕事と。伝票作成以外にもいっぱいやることがあるからね。

エリィはそのまま仕事に没頭した。


——あーあ、遅くなった上に雨……今日は雨傘がないや。

伝票作成に追われて残業したエリィは、降りしきる雨にため息をついた。

現在の住居は、継父が所有している高級集合住宅の一室にある。

騎士団員の寮に入るつもりだったのだが『男女混合の寮なんて絶対ダメだ！』と過保護な継父が反対した。

寮といっても、卒業後に貸してもらえる部屋は、普通の集合住宅と変わりない。

そう説明したのだが、継父は譲ってくれなかった。

『毎日同僚の男と顔を合わせて……お、お、お食事などに誘われたらどうするんだ！』

母は笑いをこらえていたが、継父は青ざめ震えていた。

『え……行くけど……？』

士官学校時代もよく男子に食堂に誘われた。恋に落ちることなど一度もなく、ただ授業や進路の話をしていただけだが。

『ダメだ！　父さんと母さんが決めたお見合い相手と結婚するまで、異性と二人きりになってはいけない。わかったね』

顔よし、性格よし、しかも富豪の継父が、三十近くまで恋人すらいなかった理由がそのときわかった。美しいレディに誘われてもこの勢いで断っていたのだろう。母のマナー教室で女性との接し方やエスコート術を習っていなかったら、継父は今でも独身だったかもしれない。

——お父さん、なぜか貞操観念が百年前で止まってるんだよね……。寮なら目の前なのに、おかげで通勤時間が余計にかかっちゃう。もう諦めて濡《ぬ》れて帰ろう。

そう思って通用口の庇《ひさし》から一歩踏み出したとき、後ろから声がかかった。

「エリィさん」

建物の中から出てきたのはジェイだった。いつもながらに綺麗だ。

「こんばんは、今日は遅いんですね」

「ええ、調合作業があったので」

——えっ？　調合ってなんだろう？

そう思いながらエリィはジェイを見た。腰に長剣を下げている。彼が剣を持っているのは初めて見た。外で会うのが今日が初めてなのだと気づく。

——騎士団で働く人は帯剣を許されているし、ジェイさんが剣を持っていても不思議はないけど……意外と似合うな……剣。

エリィの視線に気づいたのか、ジェイが透きとおる青い目をこちらに向けた。

「傘は？」

「持っていないんです」

エリィの言葉にジェイが頷き、黒い傘を差しかけてくれた。

「これを」

「ジェイさんの傘がなくなります、私は近所なので……」

断ったがジェイは首を横に振った。

「傘は……途中で捨てる予定でした」

「えっ？　捨てる予定？」

わけがわからずエリィは問い返す。

「……いえ、雨なので……気をつけて」

エリィの手に傘を握らせ、ジェイがエリィの家と反対方向に走っていく。傘を押し返す間もなかった。

——借りちゃった……。

エリィは呆然《ぼうぜん》とジェイのしなやかな背中を見送った。


翌日、借りた傘を手に宵闇騎士団の本部に出勤する途中、騒ぎが起きていることに気づいた。

——あれ、皇帝騎士団の警察隊がいる……？

皇帝騎士団は最も規模が大きく、警察組織も麾下に抱えている。今、目の前を警備しているのは、まぎれもなく警察隊だ。事故でも起きたのだろうか。

見回せば道行く人たちも不安そうに何かを噂している。

エリィは数人で固まって立っている警察隊員に近づいた。

「おはようございます、何かあったのでしょうか？」

敬礼しながら尋ねると、その中の一人が答えた。

「あちら側の路地で殺人がありました。被害者が四名、身元不詳です。検証のために一部道路を封鎖しています」

「よ……四名……？　もしかして市民が無差別に？」

エリィの問いに、警察隊員は首を横に振った。

「服装からして、雇われの暗殺者かごろつきでしょう。皆、ひと太刀《たち》で……」

「そこまで」

上官らしき警察隊員の制止が入る。これ以上情報を漏らせないということだ。

現場の路地は昨日ジェイが走り去っていったあたりらしい。

――ジェイさん……大丈夫だったかな……？

まだ時間に余裕があることを確認し、エリィは事件現場の路地を覗《のぞ》きに行った。野次馬がたくさんおり、現場には立ち入れない。

だが壁に大量の血しぶきが飛び、凄惨な有様だ。死体はもう片付けられていて、石畳の上に人型の線が引かれていた。

――怖い……何があったの……？

士官学校で武技訓練は受けたものの、人殺しの現場に立ち会ったことなどない。

物騒だなと思いながら宵闇騎士団の本部に入り、自席についていつもどおり仕事の支度を始めた。そして隣の席の上司事務官に尋ねる。

「すぐそこの路地の事件、知ってますか？」

「ああ、朝聞いたよ。たまにあるんだよね。しばらく危ないかもだから、君も夜遅くまで残業しないでね」

何事もなかったかのように答えられて、エリィは耳を疑う。

「『たまにある』って、何がですか？」

「襲撃。帝国軍は悪い奴《やつ》らの恨みをたくさん買っているだろう？　だからたまにあるんだよ、こういうこと。今回の犯人は下の階を狙ったのかも」

――下の階……というと、三階の特殊行動班の控え室……？

エリィは青ざめながら上司に聞いた。

「それって大事件じゃないですか、この職場にとって」

「うん、だから、本部長が帝国軍本部に向かったよ」

「総帥閣下は？」

反射的に尋ねると、上司は一瞬真顔になり、すぐに愛想のいい笑みを浮かべた。

「閣下は他の執務に当たられているんじゃないかな。さすがにハーシェイマン大公閣下ともなると、騎士団のことだけじゃなく、他に色々重要な仕事がおありだからね」

なんとなく『探るな』という圧を感じた。エリィは素直に頷く。

宵闇騎士団において『知らない』ことは『守られる』ことなのだ。

だがどうしても気になり、エリィはもう一つだけ質問した。

「襲撃犯を殺したのは誰なんでしょう？」

『皆、ひと太刀で』警察隊員はそう言っていた。

「……閣、いや……誰だろうなぁ、世間にはすごく強い人がいるもんなんだなぁ」

不自然な沈黙のあと、上司はそう言うと、突然腕をぐるぐる回し始めた。

「肩こりが最近ひどいなあ」

——聞いちゃいけないヤツだ。きっと。

エリィは質問を諦め、卓上に置かれた書類をそろえ直す。そのとき副本部長がやってきて、朝の号令をかけ始めた。

「それじゃ、みんな業務開始だ。近所で事件があり騒がしくて落ち着かないが、いつもどおりに平常心で仕事をするように！」

——そうそう、今日は銀行に大量の振込伝票を持っていかないと。並ぶの嫌だから、もう出よう！

エリィは業務用の伝令鞄《かばん》を手に取り、中に丁寧に大量の伝票を詰め込んだ。

「私、銀行に行ってきます」

鞄を肩にかけ、エリィは銀行に走った。

このあたりには会社や役所が多く、騎士団指定の銀行は毎日混んでいる。

一時間以上待たされて振込手続きを終え、エリィは銀行を出た。昨日の雨が嘘《うそ》のように空が晴れ渡っている。

帰途につこうとしたとき、誰かが背後から静かに近寄ってくる気配がした。ふわりと爽やかな香りが届く。覚えのある香りだ。

エリィは驚いて背後を振り返った。

「ジェイさん」

「こんにちは」

いつもどおり、澄み切った泉のような笑顔だ。

――朝から物騒な話を聞いたけど……心洗われる……。

ジェイの美貌に癒やされながら、エリィは言った。

「こんにちは、昨日借りた傘、拭いて持ってきたのであとでお返ししますね」

「ええ」

そのとき、エリィはジェイの前髪が、一部分だけ少し斜めになっていることに気づいた。

――髪……自分で切ったのかしら。

スパッとカミソリで横に切ったような状態だ。少しはさみを入れて梳《す》いてしまえば、すぐに目立たなくなりそうだが。

なくなった。

「あ、いえ、前髪が一ヶ所だけ斜めになっていますよ……」

正直に答えると、ジェイが慌てたように前髪をかき乱す。すぐに斜めになった毛は目立たなくなった。

「何か？」

「これは……あの……ええと……猫が……」

ジェイがエリィから目をそらし、小さな声で言う。

「猫がどうしたんですか？」

「かじりました」

小声で答えてジェイが顔を赤らめる。どんな言い訳だ、と思いながらエリィは言った。

「わかった、自分で切るのに失敗したとかですね？」

「……そう……ですね……斬られました……不覚……」

ジェイがますます赤くなる。

美しすぎる男が片手で口元を隠す仕草は罪深い。

――髪を切るのに失敗しちゃったの、誤魔化したいのかな？　本当に、毎度毎度、会うたびに可愛いな、ジェイさんって……。

微笑ましく思いながらエリィは尋ねた。

「昨日、宵闇騎士団の本部の近くで事件があったのご存じですか？」

「はい。エリィさん、あまり夜遅くまで残業しないでくださいね」

「ええ、上司にも朝そう言われました。しばらく気をつけます」

ジェイは頷いて歩き出す。エリィもその傍らを歩きながら尋ねた。

「昨日の夜、ジェイさんこそ大丈夫でしたか？」

「ありがとう、雨で視界が悪くて少し手こずっ……いえ、あの、その……」

「少し……なんですか？」

「いえ、まったく大丈夫です」

ジェイが微笑む。

こんなに綺麗に笑われたら、自分までつられて嬉しくなってしまう。

「今日は朝、ケーキを焼きました」

ジェイが手に提げた紙袋を広げ、油紙に包まれた大量のケーキを見せてくれる。

「わぁ！　ありがとうございます、お疲れさまです」

ジェイが再び微笑む。早起きしてみんなのために差し入れを作ってくれたのだ。無口だが優しい人だと改めて彼が好ましくなる。

「エリィさんはお菓子作りを……」

「あ、しません、うちは父が料理上手で、家族になんでも作ってくれるんです」

「そうですか」

「ええ、父、すごくお料理を頑張ってるんです。母が『男は料理ができたほうがモテる』って教えたせいですかね？」

ジェイの返事が聞こえない。おかしなことを言ったかな、と思いながら振り返ると、ジェイが正面を向いたまま真顔で目を見開いていた。

「ど、どうかしましたか？」

「いえ、新しい知見を得たので、驚いて」

——私、何か変わったことを言ったっけ……？

エリィは驚きつつ、ジェイの整いすぎた横顔をうかがう。

「男は料理ができたほうがモテるんですね？」

ジェイはこれ以上ないくらい真顔で虚空を見つめている。

そんな深刻な話題ではなかったはずなのだが。

「ええ、父も今では社交界でモテまくっているみたいですし……母に完全に制圧されてますので、よその女性には目もくれませんけど」

「仲のよいご両親なのですね。では僕ももっと料理を頑張ってみます」

「ジェイさんは料理できなくてもモテると思いますけどね、ものすごく男前だから」

エリィの言葉にジェイがぎくしゃくと振り返る。

「……えっ？」

「いえ……あの……鏡見たことありますよね？　そんな謙遜しないでください」

自然と二人の足が止まる。

「ありがとうございます……その意見は……新鮮です……」

——どうしてそんなに驚きの顔なの……？　反応が毎回、面白すぎる。

しばし見つめ合ったあと、二人は同時に我に返った。

「勤務中ですし、戻りましょうか！」

「ええ、お昼休みにこのケーキを配りますね」

ジェイはいつもどおりの穏やかな表情に戻っていた。

◆

ハーシェイマン大公の執務室で、アンジェロは鏡を覗き込んでいた。

「サヴィー」

「はい、アンジェロ様」

「僕は男前なのか？」

「お熱があるようでしたら解熱剤をお持ちいたしますが」

長時間、鏡で自分の顔を見ていると脂汗が出てくる。鏡から視線を外し、深呼吸して額の汗を拭うと、アンジェロはもう一度侍従長のサヴィーに尋ねた。

「この顔は男前の顔なのか？」

「大丈夫でございます、男前でございますよ」

五十過ぎのサヴィーは常に淡々としている。

白髪交じりの茶色い髪に、赤茶色の穏やかな目。アンジェロが生まれたときからこの屋敷に仕えており、父の間欠泉のような暴力からさりげなくかばってくれた恩人だ。

その彼が嘘をつくとは思えない。

「では『男は料理ができたほうがモテる』という言葉についてはどう思う？」

アンジェロの質問にサヴィーが突然咳《せ》き込《こ》む。

「どうした？」

「いえ……喜ばしいご質問です。さようでございます、モテます」

はっきりと断言され、アンジェロは頷いた。『新人』は嘘をついていないらしい。

「しかし、普段は鏡の幕をこんな位置までお上げにならないのに、今日はどうなさったのですか？」

「久しぶりに自分の顔を確認したくなっただけだ」

アンジェロは鏡にかぶせた幕を下ろし、長椅子に腰を下ろした。

「紅茶を」

「かしこまりました」

サヴィーの返事と同時に、控えていた侍女が深々と頭を下げて部屋を出ていく。

「本日はお菓子作りはなさらないのですか？」

「書類を確認し終えたら、明日の分を作ろうと思っている」

「最近、頻繁に作っておられますね、厨房長も、アンジェロ様が最近ことのほか楽しそうだと申しておりました。生きがいが増えるのはよいことでございます」

アンジェロは頷いた。

菓子を作って皆に振る舞うのはアンジェロの趣味だ。

最近は『新人』が笑顔で食べてくれるので、心弾む。

だから時間さえあれば毎日のように作ってしまう。

彼女もそれが当たり前だと思い、楽しみに待ってくれているようだ。

「最近、新人が来たが、いい子なので少し嬉しい。美味しい物が好きなのだそうだ」

「なるほど……それで張り切って頻繁に騎士団に出勤なさったり、お菓子作りをなさったりしておられるのですね」

急に気恥ずかしくなり、アンジェロは言い添えた。

「若い人間と喋れるようになって嬉しいだけだ」

「はて、アンジェロ様もわたくしから見れば、十分若者でございますが？」

そのときノックの音が聞こえた。侍女が薄青に金線で花が描かれた上品なティーセットを運んでくる。

「お茶菓子なしでお召し上がりとのことで、アンジェロ様が青い缶に分類されている中から、二番の茶葉をお持ちいたししました」

アンジェロが頷くと、侍女は深々と一礼して去っていった。

「事務机の書類をここへ」

「かしこまりました」

サヴィーが続きの間に入っていき、大きな封筒とインクとペンを持って戻ってくる。

それを一瞥し、アンジェロは「ありがとう」と礼を言って紅茶をすすった。

紅茶の水面に、自分の不気味な顔が映る。

自分のものであるはずの唇が、母を罵る言葉を次々に吐き出すのが見えた。

——違う、母上はそんな女性ではない……！

目をつぶって再度カップを傾けると、紅茶のかぐわしさだけが身体中に広がった。

「アンジェロ様は先代様とはまるで似ておられませんよ」

サヴィーの優しい声に、アンジェロは身動きせずに答えた。

「ああ、わかっている」

「今のアンジェロ様は、誰にでもお優しかったお母様にそっくりです」

「もちろんだ。ありがとう」

アンジェロは大きく息をつき、カップをソーサーに置いた。

手に取った書類にはハーシェイマン大公家の今月分の総合収支が書かれている。この国では複式簿記が導入されているので、書類がすべて法律に則《のっと》っているかをまず確認する。

——専門家に任せているから大丈夫だな。次は誤魔化しの多い科目から確認だ。

一時間ほど詳細な帳簿や領収書を突き合わせ、複数の監査人の仕事に誤りがないことを確かめ、淹《い》れ直してもらった紅茶を飲んだ。

――母上……か……。

先ほどのサヴィーの言葉が、今日は妙に頭から離れない。

「二十一年前の帳簿を持ってきてくれ」

サヴィーに申しつけると、十分ほどで古くかび臭い帳簿が運ばれてきた。

大公家内の収支管理は、本来は大公妃が責任を負う。

母が手がけた古い帳簿を開くと、そこには幼いアンジェロの服や玩具、アンジェロに与えた贈り物を買った記録ばかりが残されていた。

――母上……。

何度見ても苦しい。母からどれほど大切にされていたかがわかるからだ。

胸塞がれる気持ちでアンジェロは帳簿を閉じる。

父は最後まで母を淫婦と罵り続けていた。理由は『母の浮気』だ。

そんな事実はないと母がどれほど訴えても、父は信じなかった。アンジェロは汚らわしい誰かの子だろうと言い続けていた。

顔を見ればわかるだろうに、自分の息子だと。

――当時、嫌がる母上に言い寄る男は多かったと聞くから……。

望まぬ男たちにしつこく追い回され、夫からは庇《かば》われず信用されず、愛されない。

母は心身を病んで生国に戻された。

アンジェロの記憶には、泣き叫ぶ女性が馬車に押し込められる光景がぼんやりと残っている。最後までアンジェロに向けて手を伸ばし『この子と一緒に帰る』と泣いていた。何度塗りつぶしてもその光景が浮かんでくる。

その後、母からの便りは一通も届かなかった。

アンジェロから母に手紙を出すことは父に禁じられていた。父の死後も、手紙は出さなかった。きっと母も、過去の長い悪夢を思い出したくはないだろうと思ったからだ。

母を追い出した父は、大公家を去った……父の脳内では『浮気を認めた』ことになっている元妻を憎み、息子を憎み抜いて病気でこの世を去った。アンジェロが十七歳のときのことだった。

心根が歪んだ哀れな父だった。だが父のことは、アンジェロが一人で看取《みと》った。

それが『人間としてできる最後の親孝行』だと思ったからだ。

——自分も他人も信じられないのは地獄だ。それを教えてくださって感謝している。

アンジェロは古い帳簿を戻しておくようサヴィーに申しつけ、今月分の帳簿を事務机に戻した。

——明日はなんの菓子を差し入れようかな。

頭に『新人』の笑顔が浮かんだ。喜ぶ顔が本当に可愛いのだ。

「アンジェロ様、お願いがございます」

「どうした？」

「意中のお嬢様がいらっしゃいましても、決して軽々しくお宅を訪ねたりなさいませんように。大公妃候補となられるお嬢様は、最初に大公家の屋敷にお招きするのが慣例でございます。その際には恐れながら、わたくしめが迎えの使者を務めますゆえ」

突然サヴィーが妙なことを言い出した。

アンジェロは慌てて頭の中から『新人』の笑顔を消し、つっけんどんに答える。

「なんの話をしている。そんな予定は立てなくていい」

「最近アンジェロ様の気軽な街歩きが増えたようですので、念のため。大切に思われるお嬢様には、常に最高の礼をもって接してくださいませ」

「街歩きは偵察の一環だ。だが、お前の言うことも気に留めておこう」

照れくさい気持ちを振り払い、アンジェロは立ち上がった。

「菓子を作ってくる。お前はもう休め」

そう言い置いて執務室をあとにし、厨房に向かう。

——柑橘《かんきつ》の入った焼き菓子が好きなようだが、重ねて作って飽きられないかな。少し工夫するか……。

あの『新人』は、自分が出会った小さな新しい光だ。そう思いながら、アンジェロは厨房の扉を開けた。

◆

ようやく訪れた休日。

地味なドレスに身を包んだエリィは、母が開いたお茶会に強制参加させられていた。

ホスト側のお手伝い役としてだ。もちろんお客様との歓談も引き受ける。

パーティは盛況だった。

継父は今をときめく事業家だ。その妻で、自らもマナー講師として名高い母のティーパーティには、裕福そうな貴婦人たちがひしめいている。

エリィは隅のほうで、母に恥をかかせない程度に愛想笑いを浮かべていた。

――実家が近いとすぐお手伝いに呼び出されるな。まあ、可愛い弟妹に会えるから、私も嬉しいけどね……。

そう思いつつも、エリィの目は水色のドレスを着た美女に釘付《くぎづ》けだ。

彼女の名前はシェール・ディーエン。十六歳。

帝国の属国、パテンシア王国の侯爵令嬢だ。

――どの角度から見てもお綺麗で癒やされるわ……。

シェールは本当に美しい少女だった。

くっきりした青緑の目に真っ白な肌、そしてふわふわと波打つ淡い金の髪。

お茶会に出てきた貴婦人たちは、皆シェールに注目している。

「父の仕事で今年、家族でエスマール帝国にやってまいりましたの。二年ほどの滞在になりますが、その間に素晴らしい帝都文化を楽しみたいですわ」

どうやらシェールの実家はパテンシアでも指折りの貴族らしい。

——珍しいわ。属国の高位貴族はあまり帝国には来ないのだけど。ここに来たら帝国の大貴族に頭を下げねばならない立場になってしまうし……でも侯爵様のお仕事なら仕方がなかったのでしょうね。

たくさんの貴婦人に囲まれて質問攻めにされていたシェールが、ふと隅にいたエリィのほうを振り返った。

——何か召し上がりたいのかしら？　それとも冷たいお茶でも……？

母から『お客様にはマメに気配りしてね』と頼まれている。腰を浮かしかけたエリィに、シェールがしずしずと歩み寄ってきた。

「エリィ様、お母様のティーパーティにお招きいただいてありがとうございます」

鈴を振るように優しい声だ。美人は声も美しい……とうっとりしつつ、エリィは笑顔で言葉を返した。

「いいえ、こちらこそシェール様にお会いできて光栄ですわ」

シェールが無垢《むく》な笑顔で小首をかしげる。

——とても美人なのに仕草は可愛らしいわ……。

微笑むエリィに、シェールが尋ねてきた。

「あの……！　エリィ様は、帝国の宵闇騎士団でお仕事をなさっていると伺いました」

貴族の令嬢は普通働かないが、帝国では職を持っている令嬢もそこそこいる。

——働いている男爵令嬢って、パテンシア王国では珍しいのかもしれないわ。

「はい、事務官なので戦いには出ないのですが、働いております」

「エリィ様は総帥の、ハーシェイマン大公閣下にお会いしたことはありますか？」

シェールの目はキラキラと輝いている。

——まつげ……長い……。

作り物のようなシェールの美貌に見とれながらも、エリィは首を横に振った。

「大公閣下は多忙な方なので、私の勤め先にはいらっしゃらないんです」

「そうですか……」

見るからにがっかりした様子のシェールに、エリィは慌てて付け加えた。

「あっ、でも、私はまだ三ヶ月しか勤務していないので、そのうちお会いすることがあるかもしれません」

見るからに残念そうだったシェールが、ぱっと顔を輝かせた。

「本当ですの？　よかった！　あの……もし……もしですけど、大公閣下にお会いできたら、渡していただきたいものがあるのです……」

シェールが白い頰をぽっと赤らめた。

その様子はとても可憐《かれん》で、今日会ったばかりのエリィも心動かされた。普段ならば安請け合いはしないように気をつけているのだが、思わず尋ね返してしまう。

「シェール様が大公閣下にお渡しなさりたいものって、なんでしょうか？」

「あの……手紙……なんです……」

シエールの大きな目は潤み、小さな顔は桃色に染まっていた。

「お伺いしてもよければ、どのようなお手紙ですか？」

「あ、あの、私、実は……ハーシェイマン大公閣下を存じ上げているんです」

「お会いになったことがあるんですね」

エリィの質問に、シエールが必死の形相で首を縦に振る。

「そうなんです。だからこの手紙で、とても大事なことをお伝えしたいんです」

それだけ言って、シエールがきゅっと口をつぐんだ。青緑の目には、真剣な光が浮かんでいる。

きっと、どうしても渡したい大事な手紙なのだ。

「大公家に直接お送りになってはいかがでしょうか？　もしくは面会を申し込まれるとか。ディーエン侯爵様なら、すぐに叶《かな》うと思いますわ」

シエールは首を横に振る。

「面会は家の事情でできないのです。ですからどうしてもお手紙でお伝えしたくて。文章を消されたり、途中で処分されたりしないように、確実にお届けしたいんです。も、もちろん悪いことは書いてありません！　ただ私の、個人的な、その、ええと……」

シエールは半泣きの表情だ。

――家の事情ってなんだろう？　悪意はなさそうだから、助けてあげたいな……。

しばらく迷った末、エリィは答えた。

「私は一般の事務官なので、直接大公閣下とお話しできるかわかりません。だけど上官の許可を得て、中身を削除せずにお渡しできるか確認してみますね。検査担当者が開封して、手紙の安全性を確認することはかまいませんか？」

「はい、中身を消されたりしなければ問題ありません！」

シェールの目が潤んでいる。エリィへの感謝が伝わってきた。

「わかりました。お渡しするのが難しそうなら、この手紙は開封せずにシェール様にお返ししますわ、これでいかがでしょうか？」

その提案に、シェールがぱあっと顔を輝かせる。

「ありがとうございます！」

本当に嬉しそうな表情に、エリィはちょっといいことをした気分になった。

「そういえば今日は、ディーエン侯爵夫人はお見えではないのですね」

「はい、母は風邪を引いてしまって、欠席させていただいたのです。エリィ様にご挨拶できればよかったのですけれど」

「まあ、お大事になさってくださいませ」

シェールが目を輝かせて笑った。

「はい、ありがとうございます、エリィ様！」

エリィは手紙を預かり、シェールに微笑み返した。

――で……大公閣下への手紙を預かったわけだけど……。

休み明け、いつもどおりに職場に出勤したエリィは、シェールからの手紙を託せそうな相手を探して周囲を見回した。

――この部署で大公閣下に面識がある人って、本部長くらいかなぁ。

そう思いながら、隣の席の上司に尋ねた。

「母のお客様から、ハーシェイマン大公閣下への文書を預かったのですが、必ず中身を読んでいただくことって可能ですか？」

「大公家にお送りするのが一番早いと思うけど」

「それが、どうしても検閲で中身を消されたくないらしくって。ただ、中身を消されないなら、誰が内容を確認してもいいそうなんです」

エリィの言葉に上司がちょっと間を置いて考え込み、教えてくれた。

「下の階の特殊行動班の人間なら大公閣下と一緒に行動をしているはずだから。そこで聞いてみたらどうだい」

――一緒に行動？　そういえば、大公閣下は剣の達人だと聞いたことがあるけど、騎士団の仕事までなさっているの？

内心驚きつつ、エリィは頷いた。

「わかりました、でも、下の階に一人で行くのって勇気が要《い》りますね」

入団当初、階段で血まみれの『特殊行動班』の騎士とすれ違ったことを思い出す。硬直したエリィに、彼は『仕事帰りだよ』と微笑みかけて去っていった。

下の階には、その特殊行動班の席が用意されているが、一度も行ったことがない。

「大丈夫だよ、閣……ジェイさんもいるから」

「ジェイさんは、普段下の階で働いているんですか？」

驚いて尋ね返すと、上司は一瞬目を泳がせ、すぐいつもの笑顔で言った。

「色々な場所で色々な雑務をしているよ。彼、なんでもできるからね。今日なら出勤してるんじゃないかな」

——ジェイさんがいるなら、昼休みに行ってみようかな。

エリィは上司にお礼を言い、事務作業に着手した。

今日は銀行に行く用事はない。書類作りやリストの確認をひたすら進めていたら、昼休みの鐘が鳴った。

エリィはシェールから預かった手紙を手に、勇気を出して三階に向かう。

——ひえ……汚い……なんでこんなに散らかってるの……？

廊下には木箱があり、無数の剣が突っ込まれている。穴の開いた鎧《よろい》が投げ出されていたり、謎の瓶が転がっていたり……なんだろう。とにかく汚い。

汚い廊下の先に、室内への出入り口があった。階の造りはエリィが働いている四階と一緒だ。

「すみませーん」

部屋を覗いた刹那、背後から謎の腕に抱き寄せられた。

「何してる、お前」

男の声が聞こえる。気配がまったくなかった。人はいなかったはずなのに……そう思って振り払おうとしたがびくともしない。エリィは抗議の声を上げた。

「は、放してください！」

エリィの声にわらわらと男たちが集まってきた。皆、騎士団の制服姿だ。着崩している人間が多く、服装規定はほとんど守られていない。

「アレス、この子は新人の事務官じゃない？」

「うちにも新人ほしいなぁ」

「去年入ってきてすぐ死んだだろ、中途の新人がよ」

「わぁ、うちの団の女性職員初めて見た、かっわいいなぁ」

——全員……足音が……しない……これが特殊行動班……。

青ざめながらエリィはもう一度繰り返す。

「放して。いきなり背後から抱きつくのはやめてください」

腕はぱっと離れた。

「フラフラここに入ってくるお前が悪いんだろ」

「いきなり触る人のほうが失礼でしょう」

「……ったく、色気ねえな」

吐き捨てたのはなかなかの男前だった。茶色い髪に赤みがかった目が印象的である。この男がエリィを断りもなく背後から抱きすくめた男なのだ。

――さ、最低……外見が素敵でも印象は最悪。

「私はこの宵闇騎士団の職員です」

「だとしてもここは治外法権なんだよ、ガキがうろつき回るんじゃねぇ」

――こんな失礼な人じゃなくて、他の人と話をしよう。

エリィは彼から顔を背け、じいっと視線を注いでくる男たちに尋ねた。

「ハーシェイマン大公閣下にお手紙を渡したいんです」

途端、男たちがざわめいた。

「えっ？　マジかよ、新人ちゃん……」

「閣下に手紙持ってきたのか？」

「おいおい、閣下に春が来たんじゃねえ？」

「おおおお！　閣下、女性にお見合いで呼び出し食らうたびに死にそうな顔で帰ってくるけどよ、今回はいけるんじゃねえか？」

――何を言っているの？　この人たち。大公閣下に対して失礼な口を利いて……。

眉根を寄せつつエリィは話を続けた。

「この手紙を確実にハーシェイマン大公閣下に読んでいただきたいんです。中身を検閲していただくのは問題ありません、ただし内容を削除したりしないでほしいんです」

エリィの説明に、目の前の男たちが一斉に驚きの顔になる。

「そんな恋文ってあるのか……」

「ホントに俺らが読んでいいのか？」

「読んでいいなら読むけどさ。なんなら閣下に通じるよう添削してやろうか？」

「公開恋文か、若い子は違うな。応援するぜ」

何か誤解をされている。エリィは慌てて首を横に振った。

「違います、あの、この手紙は私が書いたものではありません。母の知人の、貴族のお嬢さんからお預かりした手紙なんです」

そのとき不意に鋭い声がした。

「何をしている」

凛《りん》とした『支配者』の響きを伴う声に、その場にいた全員が入り口を向いて敬礼した。エリィも反射的に敬礼しかけて、その手を下ろした。

その声の主は、ジェイだったからだ。

――あ……れ……？　今の本当にジェイさん……？　いつもの可愛いジェイさんはどこに行ったの？

厳しい顔をしていたジェイが、エリィの姿を見つけるなり、別人のように優しい笑みを浮かべた。

「失礼、エリィさんが来ていたんですね」

驚きつつもエリィは微笑み返す。さっきまで集まっていた騎士たちは、一瞬にして散り散りになっていた。

だが、全員ジェイとエリィを見ている。何一つ見逃すまいと凝視しているのがわかる。一体何が起きているのだろう。

「すみません、私が入ってきてはいけなかったみたいで」

一応、ジェイに頭を下げる。

「いいんですよ、一般職員の立ち入り禁止区域ではありません」

優しい言葉にほっとして、エリィはジェイに尋ねた。

「ここに来れば、大公閣下に直接手紙を渡せる人がいるかも、と聞いたんですけど」

そう言って、手紙の内容と、削除されなければ検閲されてもかまわない旨を説明する。

ジェイは頷き、天井を指した。

「四階に行きましょう、ここは騒がしいですから」

エリィは頷き、ジェイについて階段を上がった。

「今日は朝から用事があって、お菓子を焼けなかったんです。ごめんなさい」

「いいえ、いつもいただいているので！」

階段を上りきったところに小さな踊り場がある。エリィはそこでシェールから預かった手紙をジェイに見せた。

「私の母の知人の、ディーエン侯爵令嬢から預かったんです。ディーエン侯爵家は、パテンシア王国の名門貴族と伺ってます。中身には毒などが仕込まれている危険性は低いと思うのですが」

「パテンシア王国……ですか……？」

ジェイがわずかに眉根を寄せた。

「ディーエン侯爵という方、ジェイさんはご存じですか？　大公閣下のお知り合いらしいんですけれど」

「いえ、僕にはわかりません」

ジェイが首を横に振る。パテンシア王国という名前を聞いたときから、何かが引っかかっているような表情のままだ。

「僕が閣下にお会いしたときにお渡ししましょうか？」

エリィは目を丸くした。

――ジェイさん、閣下にお会いすることあるんだ……下の階の人たちとも知り合いっぽかったし、普段なんの仕事をしてるんだろう？

「可能でしたら、是非お願いします」

「では、後日、閣下に受け取り確認の証書を作成していただきますので、それを差出人のディーエン侯爵令嬢という方にお渡ししてください」

そう言うと、ジェイは手紙を手にしたまま階下に降りていく。

「ありがとうございます！」

エリィの言葉に、ジェイが顔を上げ、微笑んだ。

「お任せください」

去っていくジェイの表情は、どこか冴《さ》えなかった。


その日の夜。

——今日も残業なし。早く帰れて嬉しいな、物騒なのは怖いけど。

エリィは帰り支度を終え、通用口を出て歩き出す。建物を離れたあたりで、背後から声がかかった。

「よう」

振り向くと、先ほどの失礼な騎士が立っていた。特殊行動班の部屋に入ろうとしたら、背後から抱きついてきた男だ。

「俺と飯食わねえ？」

「お断りします」

どんなに男前でも、いきなり抱きついてくる男など願い下げだ。だが彼は笑って強引にエリィの腕を引いた。

「怒るなよ。ああやって脅すと、大抵の女は怒って帰るんだ」

——どういう意味？

無言で睨《にら》みつけると、男は肩をすくめた。

「たまにさ、親の肩書きで宵闇騎士団の本部にズカズカ入ってきて、閣下に会いたがるお嬢様がいるんだ。そういう女たちは、ああやって『下賤《げせん》な男』に触られると、キーキー言いながら怒って出てくわけ」

「ようするに私を招かざる客だと思い込んで、追い出そうとしたわけですね」

「ああ。頭いいな、わりと」

「わりとは余計です。私は制服着てるんだから、同僚に決まってますよね？」

「似たようなモンかと思ったんだよ。うちを訪ねてくるには別嬪《べっぴん》だからな」

腕を引っ張られながらエリィはそっぽを向いた。腹が立つ。特殊行動班の人間は変わった人が多いのかもしれない。

「飯、何食う？」

エリィはため息をついて答えた。

「……美味しいものおごってください。そうしてくださったら、先ほどの失礼な振る舞いを許して差し上げます」

エリィの答えに男が笑った。

「いいぜ。俺はアレス。お前は？」

「エリィ・クレイガー事務官です。今年入団したばか……」

言い終える前にアレスが背後を振り返る。そして、すぐ後ろを歩いていた地味な身なりの男を力一杯蹴り飛ばした。

絶句するエリィの目の前で、銀色のナイフが弧を描いて飛び、石畳に落ちた。

「縛るものを寄越《よこ》せ！」

男に馬乗りになり、アレスが一喝する。

——え、あ、ズボンのベルト！

エリィは大慌てで、自分のズボンのベルトを外してアレスに手渡す。

ベルトには服装規程がない。最近忙しくて痩せてしまったので、メッシュのベルトを使っていたのが幸いした。長さが自在に調整できる。

アレスはベルトで男の手首をぐるぐる巻きにすると、拾ったナイフで、男の両手の甲を貫通させた。手を刺された男が地面に転がされたまま絶叫する。

——な……な……何を……！

エリィの膝が震える。アレスはその男の身体に足をかけたままエリィに言った。

「うちの班の人間呼んでこい、うまい食事はそのあとな」

「そ、その人……通り魔ですか……」

「いや、俺を殺しに来たんじゃねえか？　とにかく人を呼んでこい」

エリィは蒼白《そうはく》になって頷くと、震える足を叱咤《しった》してすぐそこの本部に走り、階段を駆け上がった。そして三階の特殊行動班の部屋に急ぐ。

「す、すみませんっ！　すぐそこでアレスさんと私が襲われました！」

エリィの声に反応して駆けつけてきたのはジェイだった。

──あ、あれ、ジェイさん今、ずいぶん上座に座っていたような……？

見間違いか、それともいつものようにお菓子を配っていたのか。

机を蹴倒さんばかりの勢いで寄ってきたジェイが、必死の形相で尋ねてくる。

「怪我はありませんか！」

「襲ってきた人が多分、かなりの怪我を……」

ジェイが頷いて走っていく。他の人たちはじっとこちらを見ているだけだ。

「あ、あの、応援を呼んでこいと言われたんですけど」

「もう窓から出ていっただろ、見えなかったのか？」

ここは三階だ。どうやって行ったのだろう。飛び降りたのだろうか。

わけがわからないまま、エリィは頭を下げ、慌ててジェイのあとを追った。もういない。

──ジェイさん、足が速いな……。

エリィは途中、廊下に縄が放り出してあるのを見つけて拾った。汚れているがこれで犯人をさらにぐるぐる巻きにしよう。

外に出て現場に走ると、すでにジェイを始めとして六人ほどの騎士たちが集まっていた。

そこにいた人間たちが一斉にエリィを振り返った。

「気が利くな、エリィちゃんよ。その縄を貸せ」

アレスに言われ、エリィは無言で縄を手渡した。縛り上げられるのを見ていると、他の場所から二人の騎士が走ってくる。

「仲間は逃げたようですね、周辺にはいません、閣……ジェイさん」

「わかりました。彼を警察隊に引き渡して、他の人たちは一度戻りましょう」

「か……ジェイさんの丁寧語……気持ち悪いんスけど……」

「慣れてください」

ジェイが疲れたように言う。

——普段はもっと荒っぽい喋り方なのかな？　っていうか、ジェイさんは本当に何者なの？　この人たちのまとめ役……とか？

ますますジェイの正体がわからなくなってくる。

「おい、ジェイ、こいつは、この前の奴らの残党か」

「おそらく。自殺防止の処置をしよう」

言うなり、ジェイの側《そば》にいた一人の騎士が男の頭を掴み、顎を無理矢理開けさせた。ジェイが顔をしかめ、長い指を口に突っ込む。

「……左側にあった」

そう言いながら小さな何かを取り出した。エリィは思わずアレスに尋ねる。

「なんですか、あれ」

「自決用の毒。まあ、大抵の奴が使わねえけどな」

話が物騒すぎて気分が悪くなってきた。

だが、エリィも事務官とはいえ宵闇騎士団の一人なのだ。最後まで立ち会わねば。

アレスを含めた三人の騎士たちが、縛られた男を担ぎ上げる。

「私も警察隊まで同行します！　書類なら作れますので！」

アレスにそう申し出ると、彼は頷いた。

「あー、じゃあ頼む。他の奴らはジェイの指示を仰いでくれ」

エリィはジェイと残された騎士たちに一礼して、アレスたちと共に警察隊に急いだ。

「お前、意外と気が利くのな」

「私は『お前』じゃなくて、エリィ・クレイガー事務官です」

「わかったよ、エリィちゃん。腹が据わってて結構可愛いぜ」

「お褒めいただきありがとうございます」

——こんな恐ろしい目に遭った直後に軽口叩く余裕があるなんて。一体日頃、どんな生活をしているの……？

もしかしたら自分は恐ろしい騎士団に配属されてしまったのかもしれない。

そう思いながらエリィはアレスに告げた。

「私は明日も朝早いので、警察隊に行ったらそのまま帰ります」

第二章　楽しい休日

翌日、アンジェロはいつもどおりに、宵闇騎士団の特殊行動班室に出勤した。

そしてまず、エリィから昨日預かった手紙を引き出しから大きな封筒に移した。後日確認予定のものはこちらに分類しているのだ。

多くの人間がハーシェイマン大公に伝手《つて》を作ろうと、あの手この手でやってくる。

エリィからの頼みなのでつい預かってしまったが、なんとなく開く気になれない。

見合い話か、それとも事業への出資願いか……。

――肩書きだけにすり寄られるのはいくつになっても慣れない。

パテンシア王国から、というのも引っかかる。

かの国は実母の母国で、昔から帝国の皇族や大貴族にすり寄りたがる気風が強い。

父母の結婚もパテンシア王家から強く望まれて行われたものだった。

だが二人の相性は最悪だった。

猜疑心《さいぎしん》と劣等感の強い大公と、純粋無垢で愛されることしか知らなかった優しい王女。

父は、母とうまく夫婦関係を築けずに、家庭を壊してしまった。その後も壊し続けた。あらゆるものを、息子の心を、めちゃくちゃにして死んでいった……。

アンジェロは引き出しの取っ手に手をかけたままため息をつく。

父親のことを思い出すと、泥沼に沈み込むような気分になってくる。

別のことを考えよう。

よくある『嘆願書』くらいでいちいち気鬱になっていたら時間が足りない。

気持ちを切り替え、アンジェロは腕組みをした。

──仕事のことを考えよう。この前僕を襲ってきた四人、それからアレスを襲った一人。

彼らはこの前叩いた麻薬組織の手下だろうな。船を燃やされて報復に出たのだろう。陛下と組織の幹部の間で『停戦協定』が結ばれたはずだが、おそらく一部の人間が暴走しているのだろうな。ろくでなしどもが一枚岩であるはずがない。面倒なことになった。

真剣に事後策を検討しているとき、不意に部下から声がかかった。

「おはようございます。閣下ってもしかしてエリィちゃんのこと好きなんですか」

アンジェロは凍りついた。

こんなぶしつけな質問をされたのは生まれて初めてで、頭が真っ白になる。

──な……なんの……話だ……？

だが大丈夫だ。アンジェロはハーシェイマン大公家の跡継ぎとして厳しすぎる教育を受けてきた。こんな話題くらいで動揺したりしない。

「おい、閣下にそんなこと聞いてやるなよ」

「震えてんじゃねえか……可哀想《かわいそう》に……」

アンジェロはあえて大きくため息をつき、厳しい声で答える。

「くだらないことをさえずる暇があったら、僕を襲った四人の身元を洗い直せ」

「あ、通常運転に戻った」

「閣下は今日も可愛いな」

部下たちにからかわれるのはいつものことだ。アンジェロは父の命令で、十五の時から無理矢理ここの活動に参加させられてきた。

ここには少年時代のアンジェロを知る人間が多すぎるのだ。

在籍年数はともあれ、年齢はアンジェロが一番下だからこんな扱いを受けるのである。

「でも……こういう男しかいない職場の女の子って競争率が高いでしょ、エリィちゃんもすぐ結婚しちゃうと思いますよ」

新たにもたらされた情報に、アンジェロは再び凍りつく。

――なん……だと……？

「閣下に意地悪ばっかり言うなって」

「本当のことじゃねえかよ。警察隊に入ってくる女子職員だって、次々に結婚して辞めてくらしいぜ？」

アンジェロは動揺して、目を泳がせる。

もしエリィが結婚してここを去ったら……アンジェロは楽しい気持ちで毎晩焼き菓子を仕込むことはなくなるのだろう。

そうなったら寂しい。光が一つ消えたような気持ちになるに違いない。それに……エリィの相手の男を、うらやましいと思うかもしれない。

「黙っちゃっただろ……」

「余計なことを言い出した奴、何か助言してやれよ」

部下たちの勝手な物言いを遮って『とっとと仕事を進めろ』と言おうとした刹那、天の声が降ってきた。

「ねえ閣下、エリィちゃん、休日は暇らしいですよ」

——休日は……暇……？

初耳だ。振り返ったアンジェロに部下がニコッと笑って教えてくれた。

「休日はだいたい実家でちっちゃい妹さんたちと遊んでるんですって」

「そうか。家族を大事にしているのだな」

休日のアンジェロはパーティに参加させられていることが多い。

呼ばれるほう、自邸で開くほう、どちらもだ。

他には、慈善団体の理事活動をしたり、山のように届く手紙に目を通したりと忙しい。

それから、春夏秋冬の変わり目には、それぞれの季節に応じて邸内のインテリアの見直しもせねばならない。

通常は女主人の仕事だが、この家には大公の『母』も『妻』も『姉妹』もいないので、毎年遅れに遅れたあげく侍女頭任せにしているのだ。表向きはアンジェロが決めたことになっているが。

今夏も、ギリギリまで自分でなんとかしようと頑張ったが、また侍女頭に丸投げしてしまった。俸給をはずんでやらねばならない。

インテリアが季節の流行に沿っていないと『大公家が財政難に陥っている』と噂を広められるのだ。さらに、大公邸を抜き打ちで訪れた皇族の目に触れたときに『無事に切り抜けられる』インテリアでなければならない。

帝国では、貴族は皇族に監視されており、どんな細かいことでも因縁をつけられる。

たとえば、綿二割、麻八割の混紡布に白金で刺繍《ししゅう》をした布は、先代皇帝の遺骸にかけたものと同じ。なぜ悲しいことを思い出させる布を使っているのか、とか……。

本当に、どうでもいいことまで因縁をつけられる。わずかな隙も見せられない。

「僕は休日も忙しいことが多いから、うらやましい限りだ」

「わかりますよ。だけど時間を捻出してエリィちゃんをどこかに誘ってあげたらどうですか？　ほら、うち、ガラの悪い奴らと四十過ぎたおじさんしかいないし。エリィちゃん、同僚と遊びにも行けないじゃないですか」

――なるほど……僕だけではなく、皆もエリィさんには気を遣っているのか。

せっかく入団してくれた新人を休日どこかにエスコートし、楽しませてやれという提案だろう。

確かにエリィと一番歳《とし》が近いのはアンジェロだから、適任だ。かすかな喜びを嚙《か》みしめながら、アンジェロは答えた。

「そうだな、わかった。皇宮図書館で一緒に本を読もうと誘ってみる」

部屋が静まり返る。

しばらくして部下の一人が渋い顔で切り出した。

「……それじゃ駄目です、全然駄目。何言ってるんですか、本気ですか？」

『お前は不合格』と言わんばかりの表情だ。昔、アンジェロが戦いでうまく立ち回れなかったとき、手練れの部下にこんな顔で厳しく怒られたことを思い出す。

「何が駄目なんだ？」

「そうじゃなく、たとえば二人で市場を歩いて『これ可愛いね、これ美味しそうな果物！』とか話して盛り上がって、繁華街あたりの綺麗な店に入ってお茶して、可愛い飾りの一つでも買ってやったらどうですか？」

身振り手振り入りの、真剣そのものの解説だった。

アンジェロはわけがわからないまま、とりあえず部下の言うことを手帳に控えた。

――まず市場を歩き、会話（可愛い、果物など）をし、繁華街の店に入ってお茶、宝飾品を購入。

アンジェロは手帳をズボンのポケットにしまい、頷いた。

「お前の言うとおりにしてみよう、エリィさんがいいと言ってくれるならば」

「頑張ってくださいね、あの子いい子だし、仲良くなれるといいですね」

彼の言うとおりだ。仲良くなれるなら……なってみたい。アンジェロは部下たちに礼を言った。

「ためになる話をありがとう、勉強になった。市場に誘ってみる」

「そのあとは!?」

なぜこんなに追及が厳しいのか。

無言になったアンジェロに部下が深刻な顔で言う。

「ただ歩くだけで許されると思ってるんですか？　食事、贈り物です。絶対忘れないでください ね、初めてのお出かけで割り勘なんかしたら駄目ですよ！」

下々の付き合いにも社交界並みに厳しい掟《おきて》があるらしい。

緊張で胃が痛い。だが戦場を知る者の指示には従わねばならない。

「……会話をして、食事をして、宝飾品などを買う」

「まあ、一応合格です。じゃあさっそくいつものお菓子を渡すついでに、エリィちゃんを誘ってください！　当日はお洒落《しゃれ》して行ってくださいよ、お洒落。あと毒薬の解説なんてしたら絶対駄目ですからね……？　空気読むんですよ、いいですね」

部下の妙な勢いに押され、アンジェロは頷いた。

◆

エリィはクロゼットから取り出した服の山を前に、白旗を揚げていた。

——ジェイさんみたいな綺麗な人と並んで歩く服、ない。平常心で行こう、平常心。

『お菓子の材料などを見たいので、一緒に市場に行きませんか』とジェイに誘われたのは、数日前のこと。

とくに予定もなかったエリィは快く頷いた。

誘われて素直に嬉しかったし、正直少しときめいた。

しかしいざ支度する段になって、あがってしまったことに気づく。

——普段からよく会話してるのに、二人でお出かけ……ってなると、やっぱり意識しちゃうものなのかな。ま、まあ、ジェイさんみたいな超絶美形が私を相手にするはずはないけどね……。

エリィは落ち着かない仕草で地味な若草色のドレスを手に取る。

膝丈で、レースやフリルがついていないのが素朴でいい。襟ぐりが開き気味なのも、長身のエリィには似合っている。

——これにしよう。あとは髪を下ろして小さめの鞄を持って。

鏡の中にはおとなしそうな、背の高い女が映っている。とくに印象に残る部分はない。かといって一緒に出歩く同僚に失礼に当たるほど手抜きの服装でもない。

——さて、行こう。

エリィはかかとの低い靴を履いてスタスタ歩き出した。

待ち合わせ場所は第一食品市場の噴水前だ。家から近い。向かう途中で大公家の豪奢《ごうしゃ》な馬車とすれ違う。

——すっごい豪華絢爛《けんらん》な馬車！　よその貴族の家の馬車とは全然違う。中に大公様が乗っていらしたのかな……。

大公家の権威に圧倒されながらエリィは馬車を見送る。

優雅に走り去った馬車が曲がり角で消えたので、エリィは噴水へと急いだ。

——あっ……ジェイさん……いた……！

エリィは少し離れたところで立ちどまる。ジェイは白の開襟シャツに紺の麻のショールを羽織り、髪を左側で三つ編みにまとめていた。

肘から下げた鞄はショールと共布の麻で、木の取っ手がついた上品な作りだ。

それにしても、本を片手に立っているだけなのに、異様に人目を引く。

——貴公子様の優雅な休日みたいな格好……。

なんだか緊張して声がかけられない。

いつものジェイと大きく違うわけではないのに、ドキドキして落ち着かなくなってきた。服装がちょっと変わるだけで、こんなにも人の印象は変わるのか。エリィは深呼吸し、勇気を出してジェイに近づいた。

「おはようございます」

本から顔を上げたジェイが、驚いたようにエリィを見つめた。

──な……なに……どうしたの……この服地味すぎたかな……？

「おはようございます。制服以外のお召し物は初めて拝見しますね」

ジェイに微笑まれ、妙に恥ずかしくなってエリィはうつむいた。

「あ、そういえばそうですね。いつもズボンですから……ジェイさんもいつもと雰囲気が違って素敵ですね」

エリィの言葉にジェイが何度か瞬《まばた》きし、ぽっと頬を赤らめる。

「家で着ている服そのままですが……」

褒めただけで、照れてしまった。

容姿は怖いほど綺麗なのに、褒めたときの反応が可愛いのが毎度不思議だ。

「斜めになっちゃった前髪も直ってますね」

微笑みかけると、ジェイはますます赤くなる。

──やっぱり可愛いんだよね……この人……。

「侍従長…………いえ、家《うち》のおじさんにそろえてもらいました」

「おじさまと暮らしているんですか？」

「ええ……はい、似たようなものです。それよりエリィさんのお召し物が、とてもお似合いで驚きました。初夏のリーヴェンのようですね」

リーヴェンというのは古い逸話に出てくる花のことである。

男性向けマナー講座は上級編になると『ただ褒めるだけでなく、褒める側の教養ある姿も見せましょう』と教えるようになる。

エリィは家にあったその教科書を興味本位で読んで『初夏のリーヴェン』という褒め言葉の存在を知った。『自分にとって、とても好ましくて綺麗だ』という意味で、もちろん初夏にしか使えない褒め言葉らしい。

女性に『初夏のリーヴェン』なんてさらっと言える男は、遊び人か本物の貴公子か、母のマナー講座に大金をつぎ込んで最終コースまで受講し終えた猛者《もさ》だけだろう。

——ま、まさか私にそんなすごい褒め言葉を……。

エリィは照れくささのあまりうつむいたまま言った。

「褒めるのが、お上手すぎです」

「ありがとう。思ったことを言っただけです」

穏やかな声にエリィは顔を上げた。

麗しいジェイに微笑みかけられ、心に爽やかな風が吹き渡る。背後の噴水のきらめきもあいまって、ジェイその人が宝石のように輝いて見えるほどだ。

周囲の人たちはみんなジェイをじっと見ている。

——ジェイさんが目立つから移動しよう。

「果物が見たいんですよね？」

エリィは果物市場のほうへと歩き出した。ジェイも本をしまってついてくる。

「果物市場までは少し歩きますけど……先に古書街でも見ますか？」

「見ます！」

いつも穏やかなジェイが食いついてきた。エリィは笑って彼の顔を見上げる。

「本、好きなんですか？」

「はい」

ジェイが嬉しそうに笑う。

「そういえばさっき、本を読んでましたね。あの本はなんの本なんですか？」

「『帝都近辺に生える毒草』最新版です」

——ん？　ジェイさん、なんて言った……今……？

聞き間違いかと思ってエリィは尋ねる。

「毒草……ですか？」

「ええ、帝都近辺の毒草は帝都の規模が広がるにつれて駆逐されていったのですが、茎や根などの一部にしか毒を持たない植物はまだたくさん残っているのです。意外なものですとペルフェの花、あれは一般家庭の庭にも植えられている白い可愛い花ですが、根に毒があり、乾燥させて煎《せん》じて飲むと痙攣《けいれん》を起こすんです。その解毒剤に用いられるのが同じくペルフェの花粉なのですが、根が毒であること以上に知られていませんね」

「そうなんだ……」

ジェイがものすごく毒草が好きなことがわかった。意外な一面だ。

——毒草といえば、昔、お母さんが間違って謎の植物を採ってきて、食べちゃって大変だったな。お金がなさすぎて中毒起こしてもそのままだったけど。

なんとなく凄惨な記憶が蘇《よみがえ》ってきたので、打ち消した。母はエリィに食べさせる前に、毎回一生懸命毒味してくれたのだ。

草にあたって、顔を腫《は》らしているエリィを抱きしめて、泣きながらごめんね、と繰り返す母の顔は、エリィより腫れていたのに……。

「最近は品種改良されて根から毒を除去したペルフェの花も増えたんです。帝国園芸協会は無毒のペルフェの普及を図っていて……あっ、すみません、この話はやめます」

ジェイが突然黙り込む。

「どうしたんですか、喋っていいですよ」

「いえ、あの、空気を読むよう、きつく言い聞かされて出てきたにもかかわらず、つまらない話を」

どうやら話題選びに失敗し、落ち込んでいるらしい。

「私、いろんな草を食べたことがあるから、興味ありますよ？」

「そ、そうなんですか……どんな草を召し上がったのか伺いたく……いえ、せっかくの休日に毒草の話なんてすべきではないです……よね……」

ジェイがだんだん赤くなっていく。エリィと目が合うと、目元を覆ってしまった。

——あっ、困ってる。可愛い……！

目元を隠しているジェイを見ていると、頭の中が『可愛いな』という言葉でいっぱいになる。エリィは思わず笑って、ジェイに言った。

「ジェイさんは、人と話すときに緊張しちゃうんですね？」

「はい、毎回、それで、あたりを静まり返らせてしまいます」

「でも、すっごくかっこいいから大丈夫ですよ」

自信を持ってそう告げると、ジェイは首筋まで真っ赤になった。

「からかうのはやめてください……本を見に行きましょう……」

――くぅ……可愛い……。

これ以上からかうのはよそう。エリィは頷き、連れだって古書街の入り口に向かった。ジェイが吸い寄せられるように『薬学書専門』と看板のかかった店に入っていく。

エリィはしばらく周囲をぶらつき、ジェイが入っていった薬学書専門店の前に戻る。

山ほど本を買い込んでいるジェイの背中が見えた。

――本当にああいう本が好きなのね。

笑顔で見守っていると、ジェイは会計台に大量の本を置いたまま店を出てきた。

「あの山のような本、どうするんですか？」

「自宅に届けてもらうことにしました」

エリィはチラリと店の中を覗き込んだ。店主が目を見開いてジェイを凝視している。一体何があったのだろう。

「お店の人が、ものすごく驚いた顔でジェイさんを見ていますけど」

「間違えて家に届けてくれと頼んでしまって。次からは職場に届けてもらいます」

「どういう意味ですか？　お家に届けると駄目なんですか？」

「いいえ……その……家はちょっと……昔からあれなので……」

ごにょごにょと意味不明な言い訳をしたあと、ジェイは微笑んでエリィに言った。

「とにかくいい本が見つかりました。ありがとう」

——なんだかよくわからないけど……まあいいか。

ジェイはあまり家の話に触れられたくないようだ。ならばエリィも聞かない。

「じゃあ、このまま古書街を抜けて果物市場に行きましょうか」

「ええ……エリィさんの好きな果物を教えてくれませんか？」

「私の好きな？　別に、美味しければなんでも好きかな？」

「そうですか……」

ジェイの表情が陰る。

——いけない。答えを間違えたみたい。

「ケーキに入れるなら、お酒に漬けた桜桃が好きです。あとやっぱりレモンケーキ」

慌てて付け加えるとジェイが目を輝かせた。

「そうなんですね」

「もしかして私の好きなお菓子を作ってくれるんですか？」

そう問うと、ジェイがみるみるうちに赤くなる。

――か……可愛すぎるよ……。

笑顔で見守っていると、ジェイは赤い顔で頷き、言った。

「家に強い酒に漬けた桜桃がありますが、職場は酒気厳禁なので、レモンケーキを何種類か作ってみます」

「嬉しいなぁ、ありがとうございます」

「酒漬けの桜桃はエリィさんが家で召し上がれるよう、日持ちする焼き菓子にしますね」

――えっ？　私用にまるごと一つ作ってくれるの？

そこまでしてくれるのかと驚くエリィに、ジェイは言った。

「多分、僕は、エリィさんに食べてもらいたいんです」

――私に？

しばらく考えたのち、じわじわと恥ずかしくなってきた。

――わ、私に食べさせたいって……そんなこと、いろんな女の子に言いまくってたら、勘違いされても知らないからね……。

自分まで顔が熱くなってきた。

真っ赤な顔で古書街を歩きながら、エリィはなんと答えるべきか必死で考える。

おかしい。女の子を見ればすぐに口説いてくる男子は士官学校にもたくさんいた。エリィだって何度も口説かれた。だからあしらい方だって慣れている……のに……。

「ジェイさんのお菓子、美味しいから、楽しみです」

ぎこちなく答えるとジェイがほっとしたように笑った。

「よかった」

「本当に、帝都の有名焼き菓子店並みに美味しいですよ、将来お店を開けそう」

エリィの褒め言葉に、ジェイの青い目がわずかに陰る。

「ええ、将来も……楽しく作り続けていたいです。自分の環境が、悪いほうに大きく変わらないことを祈っています」

――え……？　どうしたの……？　何か困ったことがあるのかな。

聞いていいのか迷った末、エリィはおそるおそる切り出す。

「お仕事が忙しくなりそうなんですか？」

「すみません、こんな曖昧な言い方では逆に気になってしまいますよね」

エリィはジェイの様子をうかがいつつ、頷いた。

「趣味に没頭すると、うるさい親戚のおじさんに怒られるのです」

「え、えっ？　なんで親戚のおじさんがそんなことで……？」

「そういう人なのです、支配欲がとても強いというか、監視が好きというか」

――そっか……変な人が親戚にいると、苦労するよね……。

脳裏に実の父、ペーリー国王のことが浮かんだ。

若かった母を散々苦しませた愚かな父。

父は、母に逃げられたあとも、住んでいる家を探り当てては『あ・い・し・て・る』というカードが添えられた巨大な花束を贈ってきた。

花束の大きさが愛の大きさらしい。独りよがりすぎる。

母は持ち上げることさえできない、家の玄関を通らない巨大花束を前に『贈ってくるなら現金にしてよ！　どうするのこれ、もう最低！』と怒り狂っていたものだ。

そして激怒しながらその花束を分割し『皆様、お花があると日常が素敵になりますのよ』とマナー教室で配って、教室の評判を上げていた。

「ですから多分、僕が趣味に時間を費やしていると知ったら、間違いなく口を挟んできて、結婚……いえあの、別のことをしろと……」

——あれ？　私、なんで今ちょっと腹が立ってるのかな？　でも、あんなに楽しそうにお菓子を配っているのに禁止するなんてひどいと思う。

どう答えたものか、と考え込むエリィにジェイが言った。

「愚痴を言ってしまって申し訳ありませんでした」

エリィは首を横に振った。

「役に立つ意見を出せなくてごめんなさい」

「それは、僕が話していないことがあるからです。半端な話をして申し訳ない」

言うと同時に、ジェイがエリィの手をぐいと引いた。

エリィの身体が広い引きしまった胸に倒れ込む。驚くのと同時に、すれすれの場所を馬車が走り去っていった。

「あの者は、馬を御すのが上手ではありませんね」

ジェイがエリィを抱き寄せたままつぶやく。

――あ、ジ、ジェイさん、私がぶつかってもなんともないなんて、体幹を鍛えてる！

士官学校で四年間しっかり訓練を受けたエリィは決して華奢《きゃしゃ》ではないし、背も高い。

だがジェイはなんの苦もなくエリィを支えていた。

普段は意識しないが、こうして見ると背もかなり高い。

――距離が……近い……。

エリィは慌てて体勢を立て直し、お礼を言おうとした。そのときもう一台の馬車が、エリィすれすれの危険な場所を駆け抜けていく。

――え……。

ジェイがひょいとエリィを抱えて身体を反転させる。

ほとんど足が地面につかなかった。

抱きしめられたまま軽々と持ち上げられたからだ。

――えっ？　ジェイさん、すごい腕力……。

「あのような運転はよくない、どこの家の者でしょうね」

走り去った二台の馬車を見ながらジェイが言った。だがエリィには、危ない運転をしていた馬車がどこの家のものか、なんて考えている余裕はなかった。

優しくて可愛いはずのジェイが、急に年上の異性に思えたからだ。

──な、何を考えているの私。どうしたの。

エリィはそっとジェイの見かけよりはるかに力強い腕を振り払って顔を背けた。わけもなく、猛烈な恥ずかしさがこみ上げてくる。

「行きましょう」

ジェイにさりげなく手を取られ、エリィはふらふらと歩き出す。たった今ジェイに密着したときの衝撃が去らない。

──お、男の人だった……すごく男の人って感じ……。

雑念が湧いてきて、エリィは慌てて握られていない方の手で頬をつねる。

落ち着かなければ。ジェイはただ危ない馬車から助けてくれただけ。自分は彼が予想外に力持ちでびっくりしただけだ。なのにドキドキが治まらない。

「果物市場はこの大通りを渡った先ですか」

気づけばジェイに手を取られたままかなりの距離を歩いていた。

エリィがぼーっとしていたから手を握ってくれたのだろう。

「あっ……そうです、その先です」

交通誘導員が行き交う馬車を止める。エリィは慌ててジェイの手をそっと振りほどき、大通りを渡った。ジェイを変に意識してしまって落ちつかないままだ。

「疲れましたか?」

目の前に美しい顔がひょいと現れる。エリィは目だけをそらして答えた。

「大丈夫です、ぼんやりしていてすみません」

顔が熱い。熱くてたまらない。

――落ち着いて、私。ジェイさんを変に意識しないで。

◆

――エリィさんは可愛いな。

アンジェロの頭の中は、その言葉だけで埋め尽くされていた。

生まれて初めて清楚《せいそ》なドレス姿のエリィを見たが、可愛くてびっくりした。

ここ果物市場を見学し、カフェに入るまでの記憶があまりない。

自分が何度か空気を凍らせたこと、馬車が来て危なかったことなどは覚えている。それから酒漬けの桜桃のケーキを作る約束だけはビシッと頭に入った。

だが、あとはずっと『エリィは可愛い』しか考えていなかった。

エリィを見ていると、アンジェロの『婚約者候補』のことが浮かんでくる。

――比べるのもエリィさんに失礼だが、正反対だな。

第六皇女チチエリア。

皇帝はアンジェロと皇后を母に持つチチェリアを結婚させたがっている。最愛の末娘を大公妃に据え、生涯安泰を保障してやりたいらしいのだ。

——僕は第六皇女に楽をさせるために存在しているわけではないのだが……！

ちなみにアンジェロはチチェリアが大嫌いだ。手癖が最悪だからである。

——本当に……あの女は人間として根本から駄目だからな……。

チチェリアは何年も前から、大公家に押しかけてくるたびに、母が残していった思い出深い宝石を勝手に持ち出していくのだ。

しかも『アンジェロ兄様からもらった』と言い張って返してくれない。

窃盗はやめろと本気で怒っても、どこ吹く風だ。あれが皇子だったら「手が滑りました」と言って殴っていただろう。

もちろん皇帝にも苦情を言ったが『将来は夫婦になるかもしれないのだから許せ』などと抜かすだけだ。皇后は福祉活動に夢中で、娘にはなんの興味も示さない。

怒りに任せて内密にチチェリアの身上調査をしたら、出るわ出るわの醜聞の数々だった。内容は『性的に汚らわしすぎた』ので思い出したくもない。ただもう縁を切りたい。二度と側に寄らないでほしい。従妹《いとこ》と呼ぶのも嫌だ。

腹が立ちすぎて本気でつぶそうと思ったこともあるが、今は徹底的に嫌い抜いて距離が遠ざかったので、無視するにとどめている。

あの皇女には焦げたクッキーの破片すらあげたくない。

それがアンジェロの偽らざる気持ちだ。

——同じ女性で、同じような年齢でも……エリィさんと違いすぎて……。

アンジェロは嫌な女の記憶を振り払い、再びちらりとエリィを見る。

つややかな淡い茶色の髪、くっきりとした緑の瞳、すらりとした身体にぴったりと合う若草色の飾り気のないドレス。

若草色がこんなに似合う女性を初めて見た。

幼い頃何度もめくった古典の挿絵にある『初夏のリーヴェン』の一節のようだ。

帝国建国から二年目の夏、初代皇帝は聖なる泉のほとりに咲いていた『リーヴェン』の花を愛する乙女に捧《ささ》げ、求婚した。

『花も香りも、初夏のリーヴェンが世界で一番美しい。貴女は初夏のリーヴェンの化身のようだ。私は貴女に生涯の愛を誓う』という言葉と共に……。

皇帝の愛は生涯ただ一人の女に向けられ、変わることがなかったという。

その逸話から、社交界では尊ばれるべき素晴らしい女性を、初夏の季節に『リーヴェンのようだ』と褒め称えるのだ。

大半の人間は由来を詳しく知らずに使っているようだが。

「ジェイさんは紅茶を飲みますか？」

カフェで向かいの席に腰掛けたエリィがほんのり赤い顔で尋ねてくる。

暑いから顔が赤くなってしまうのだそうだ。可愛い。

「僕はこれをいただきます」

アンジェロは緑の夏茶、というメニューを差す。使われているハーブの解説に『森のラヴエンダー』と書かれていたからだ。

帝国の森にはラヴェンダーの亜種で緑の花が咲くハーブが自生している。古来はこれらの香草が『リーヴェン』と呼ばれていたのだ。現在でもお茶や様々な香水、香り付けなどに使われている。

「こ、このお店、高級なお店だったみたいですね」

ギクシャクとエリィが言う。

普段あまり外食店には入らないのだろう。アンジェロも同様だ。気になる店の料理人を家に呼んで済ませている。

「メニューに値段がなくて怖いですね、普通の紅茶なら大丈夫かな？」

真剣にメニュー表を見ながらエリィが言う。

帝国では貴婦人は財布を持たない。連れの紳士が財布なのだ。だからそれなりの女性が来る店ではメニュー表が分かれている。男のものにしか値段の表示はない。

「好きなものを頼んでください」

「どうしよう……美味しそうなんだけど、どんなお菓子か想像がつきません」

アンジェロはもう一度メニューを見る。

「僕が選んでもいいでしょうか？」

エリィがほっとしたように桃色の顔で頷いた。

——可愛い……。

アンジェロはメニューから、リーヴェンを使った夏のお茶と、一番高価で珍しい氷菓子を頼む。エリィの好きなオレンジを使ったものに、砂糖細工の銀の星をあしらったレモンムースをつけてもらうことにした。

「緊張しますね……壁も天井も綺麗ですね……」

エリィが笑顔のままきょろきょろと店内を見回す。

アンジェロも店内のインテリアを確認した。

天井や壁のクロスは洒落ているが大量生産品であり、手描きではない。

窓枠や手すりに彫刻が施されておらず、絵が描かれているだけなのも庶民的だ。

あくまで『貴族風』の内装に過ぎない。

だが、エリィが綺麗だというなら、この成金風の内装も好ましく思える。

「この……緑の夏茶っていうのは、何が入っているんですか？」

「主にハーブでしょうか」

「ハーブ……ですか……」

エリィは遠い目になっている。どうやらあまり好きではないらしい。

「苦手なんですか？」

「昔、すごくお金がなくて、母がいつも食べられる草を探してきてくれたんですけど……それを食べたせいで三日くらい顔が腫れちゃったり、桃色の馬が走ってくる幻覚が見えたりして、何度も大変な思いをしたんです。ふふ、貧乏って命がけですよね」

「桃色の馬ですか？」

アンジェロは思わず身を乗り出す。

自分も毒草を食べてそんな幻覚を見てみたい。

高名な毒草学の研究者は、たいがい死なない程度に自分も毒草を食べているものだ。だがサヴィーの目が光っている限り、そんな行為は絶対に許されないだろう。

「おかげで私、とっても丈夫に育ちましたし、美味しい物が人一倍好きになったんです」

——桃色の馬の幻覚が見える草ってどの毒草だろうか？　気になる。

幼い頃のエリィがどんな毒草を口にしたのか猛烈な興味が湧いてきて止まらない。だが、今日はその話はしないほうがいいだろう。

「なるほど、では紅茶を注文しましょうか？」

「い、いいえ、ハーブティーが美味しいことはもう帝都に来てからは知っているんです。変な話をしてごめんなさい、私、なんか舞い上がっちゃって」

エリィが赤い顔で言った。

舞い上がっている理由はなんなのだろう。

——少しは僕も関係することなのだろうか。

そう尋ねたかったがぐっと呑《の》み込む。エリィが浮かれている理由は多分、この桃色中心の華やかな店舗の内装のせいだ。そうに決まっている。

そう思っていないと『違う』と言われたときに立ち直れなくなりそうだ。

「クレイガー男爵家では、外食を楽しまれないのですか？」

「妹と弟がまだとても小さいので行かないんです。両親ともに仕事で忙しいので、時間があるときはあの子たちと遊んであげたいみたいで」

「そうなんですね。僕でよければまたご一緒しましょう」

エリィが再び耳まで赤くなる。店の中はそれほど暑くないのに。

「ありがとう……ございます……」

——拒絶されたわけではなさそうだ。

そのとき不意に、ぶしつけな部下の質問が蘇った。

『閣下ってもしかしてエリィちゃんのこと好きなんですか』

——なぜ皆は……僕の心を見抜いて……。

落ち着きを失った瞬間、お茶が運ばれてきた。アンジェロは慌てて猛烈な照れくささをかき消す。

目の前に置かれたのは、美しい緑色のお茶だった。

ベースとなったミントの香りの中に、ネロリやリーヴェンの香りが溶け込み、あたりを払うような爽やかさだ。

——ああ、内装より料理に手間をかけているのか。このお茶は悪くないな。

そう思いながら、エリィがお茶に口をつけるのを待つ。可愛い仕草で一口飲んだエリィが、カップから唇を離してニコッと笑った。

「あ、やっぱりミントって美味しい！　口の中でパチパチいわないですね」

「ミ……ミントが、パチパチですか……？」

エリィはなんの草をミントと間違えて飲んでいたのだろう。知りたい。だが『その草の形状は、根の形は、葉の色は』と問い詰めたいのをぐっとこらえる。

「幼い頃、ずっとミントだと信じて飲んでいた草がそんな味だったんです。本当に無知でお恥ずかしいです。帝都に来て、ミントのお茶ってこんな爽やかだったんだ、ってびっくりしたんですから」

エリィがクスクス笑う。辛かった過去を語っているのに、けろりとした表情だ。その明るさに惹かれながら、アンジェロもカップに口をつけた。

悪くない。リーヴェンの香りもしっかり引き立てられていて初夏の一杯にふさわしい。

——自宅でもリーヴェンのお茶を調合してみようかな。

そう思っていたとき、エリィの視線に気づいて、アンジェロはカップを置いた。

「どうしました？」

「あの……ジェイさんってすごく姿勢とか振る舞いが綺麗ですね」

突然エリィがくれた褒め言葉が、深く心に刻まれた。嬉しい。

皇帝の説教は何一つ頭に入らないのに現金なものだ。

「育てのおじさんが厳しかったんです」

「本当に綺麗……もう一回、私の見ている前でお茶を飲んでほしいです」

エリィの頼みでなければ断るところだが、アンジェロは笑って『いいですよ』と答えた。いつも通りに一口含み、カップをソーサーに戻す。ちらりとエリィの様子をうかがうと、彼女は突然耳まで真っ赤になった。

――え……っ……？

「あ、あの、綺麗です、やっぱり。すごい、マナー講師の先生より綺麗かも」

にっこり微笑みかけられて、頭の中が真っ白になる。

――褒められた……。

嬉しさのあまり『もう一度飲みましょうか？』と尋ねそうになったとき、氷菓子が運ばれてきた。オレンジのシャーベットとレモンムースのアラザンがけだ。

思いとどまったアンジェロは、綺麗な菓子を前に目を輝かせるエリィに言った。

「オレンジの氷菓子は、一般的に、お酒とオレンジジュースとシロップを煮詰めて凍らせたものです。卵白や別の果物でとろみをつける場合もあります。それから果物によってはそれ自体が凍らせるだけで……」

危ない。無限に菓子の作り方を説明しそうになる。

向かい合った女性相手にこんなに喋りたいことがあるのは生まれて初めてだ。

――浮かれて喋りすぎないように……気をつけなければ……。

「いただきます」

エリィがニコニコしながら銀のスプーンを口に運んだ。そして目を丸くして「美味しい」

と声に出す。

――酒を入れてあるのかな？

アンジェロも氷菓子を口に運んだ。若い女性向けの店舗だからか、酒の味はほぼ感じず、どうやらシロップにミントで下味をつけているらしい。

食べ慣れている氷菓子だが悪くない。

「美味しい！　美味しいです、ジェイさん」

「僕もとても美味しいと思います」

『普通の氷菓子だな』と思ったことを訂正する。

エリィをこれほど喜ばせるのだから最高の菓子に決まっている。大好きだ。

「溶けちゃうから急いで食べなきゃ」

――氷菓子くらいで喜んでくれるなら毎日差し入れしたいほどだ……。

この笑顔が見られるなら、大公家の馬車を氷室運搬用に作り直し、エリィの元に家で作った氷菓子を持っていこうか。

馬車など何台でもしつらえられる。一台くらいつぶしても……。

そこまで考えてアンジェロは我に返った。もしそんなことをしたら、エリィが負担に思うことに気づいたからだ。気づけてよかった。今日の自分はおかしい。

「メニューには他の果物の氷菓子もありましたね。葡萄《ぶどう》や柿、それから李《すもも》。オレンジ以外にも召し上がりますか」

氷菓子のメニューを挙げると、エリィが笑顔で首を横に振った。

「今日はこれでいいです。また来たときに頼んでみたいな」

――また……来たとき……。

謎の緊張がアンジェロの全身に走る。

普段のお見合いや第六皇女の呼び出しなら『じゃあそろそろ帰ります』と切り出したくて落ち着きを失っている頃だが、今日は違う。

アンジェロはこの時間を終わらせたくないと思っている。

ぼんやりとエリィを見ているだけのくせに、ずっとこの時間が続いてほしい。

「僕はここが気に入りました。よかったらまたお付き合いしてください」

死ぬほどの勇気を振り絞って、さりげなく切り出す。

スプーンの先でレモンムースをつついていたエリィが顔を上げ、耳まで真っ赤になった。

「いいですよ」

エリィが赤い顔のままこくりと頷き、レモンムースを頬張った。

「これも……すごくおいしい……」

アンジェロは鼓動を収めるためにお茶を飲む。

エリィは間違いなく頷いてくれた。

もし彼女が望んでくれるならば、帝都の一番街に貴族御用達のティーサロンがあるので貸し切りで招きたい。

そこには彼女が喜びそうな最高級の菓子が取りそろえられている。

素人《しろうと》のアンジェロでは作れない壮麗な飾りケーキやマカロン、門外不出のレシピで作られたショコラの数々。

どれもため息が出るような味わいだ。何度か取り寄せたので知っている。

一度お茶するだけで庶民の半月分の食費が飛ぶと聞いた。

だが、エリィが笑顔になってくれるならなんでも食べさせてあげたい。

ハーシェイマン大公家の秋の別荘の近くにも、よい店がある。

その地方でしか取れない材料で作った、素朴で美味しい焼き菓子を出すカフェだ。

そこの店主は、アンジェロの身分を知っても特別扱いせずに対応をしてくれる。

休暇の幸せを嚙みしめられる場所だ。エリィにも体験させてあげたい。

——湖水地方にも冬の高原にも素晴らしい場所はあるんだ。連れていってあげられたら、きっと喜んでくれるだろうな……。

だがエリィは、ただの同僚、しかも異性に『別荘に遊びに来てください』と誘われてついてくるような娘ではない。

彼女のしっかりしたところが好ましいのだが、距離感の遠さが寂しくもある。

——僕はまた浮かれて何も考えられなくなりつつあるな。

アンジェロは我に返り、そっと鞄から手帳を取り出した。

部下からの助言を控えておいたのを再確認するためだ。次に行くべき場所は……。

――宝飾品を購入？　そんな助言だったかな？

動揺しながら走り書きしたので、自分の控えがいまいち信じられない。女性用の宝飾品もよく知らない。

『自分用のものを見る』と言って付き合ってもらい、そこでエリィ用の宝飾品を買えばいいだろうか。しばらく思案したが、その方法が無難に思えた。

「美味しかったです、全部」

エリィがナプキンで口元を拭いながら言った。

改めて思うが、姿勢がよく仕草の綺麗な娘だ。きっと母親に習ったに違いない。そんなところも好ましいのだと今頃になって気づく。

――せっかく一緒に休日を過ごせたのだから、エリィさんの綺麗なところをたくさん覚えて帰ろう……ぼんやりしていてはもったいない……。

アンジェロは頷き、立っている店員に目配せをして、大公家の小切手を渡した。

ハーシェイマン大公家の名前と紋章を白金で箔押しした小切手だ。

受け取った店員は青ざめている。ペンを持つ手が若干震えていた。

――頼む、自然な笑顔で普通に会計を済ませてくれ……何も言わずに……。

帝都ではどこでも小切手を使え、一部の上位貴族には、その家専用の小切手帳の使用が許されている。

これを複製した人間は、貨幣を偽造したのと同じ罪に問われる。紋章を箔押しした小切手だ。

だが、先ほどの古書店でもそうだが、一般人向けの店で大公家の小切手を使用すると、余計な威圧感を与えてしまうことがわかった。

――次からはお金を用意しよう。

店の外に出ると、午後の強い光が差してきた。エリィのまっすぐな髪が太陽光を反射してきらきらと光る。

制服姿とはまるで違う。

初夏のリーヴェンというたとえがこんなにしっくりくる女性を他に知らない。

最初はただ、作った菓子を喜んで食べてくれるだけで嬉しかった。

だが今は、もっと喜んでほしくなる。

彼女の喜ぶ顔ばかりが、日々ちらつくようになってしまったからだ。

「まだお時間はありますか」

アンジェロの問いに、エリィが桃色の顔で頷く。

「暑いですか？」

「あ……はい……ちょっと暑いです……」

エリィが大きな目をそらして小声で答える。アンジェロは彼女に建物側を歩かせながら顔を覗き込んだ。微妙に目が合わない気がする。いつものエリィらしくない。

「私の買い物に付き合っていただいてもよろしいでしょうか」

「もちろんです。その前に、さっきのお店の、私が食べた分のお会計をしたいのですが」

アンジェロは首を横に振る。

「家訓で、女性に財布を出させてはいけないとあるのです」

「嘘！　今どき、そんな家訓ありえないですよ」

エリィは明るい笑い声とともに言葉を続けた。

「帝都では働く女性も増えているでしょう？　男女平等なんですから」

笑顔が可愛すぎてどうしていいのかわからなくなり、アンジェロは額を押さえた。心臓がドクドク言っている。

「では、喜ぶ顔を見せてくださったお礼にごちそうさせてください」

――いけない。何を正直なことを口走っているんだ僕は……！

「わ……私の喜ぶ顔なんて……無料です……」

エリィは建物側を向いたままだ。顔を見せてくれない。でも林檎《りんご》色の耳を見ているだけでも可愛いと思える。

アンジェロはよそ見しているエリィに向け、胸に手を当てて一礼した。

「今日のところは、ごちそうしたい僕の顔を立ててください。では次は宝飾品を見にまいりましょう」

エリィは向こうを向いたまま頷いてくれた。

「この先は貴族の住宅街と近いので、お店もちょっと高級になりますよ」

歩きながらエリィが言う。

あたりには、貴族の令嬢が侍女を連れて買い物に来ているのが散見された。

どうやらドレスを扱う店や宝飾品店もあるようだ。

カフェの中では着飾った令嬢たちが色とりどりの菓子を前に笑いさざめいている。

「あまり来たことはないのですが、女性向けのお店が多かったと思います。ジェイさん用の買い物なら百貨店がいいかもしれません」

百貨店には行ったことがない。一部貴族向けの商品を取りそろえ、裕福な庶民に気分よく買い物をさせる店だと聞いた。

「あの建物なんです」

エリィが指さしたのは、新しい大きな建物だった。なかなか収益がいいらしく、店の前にはたくさんの花が飾られている。

「僕は初めて百貨店に入ります」

アンジェロにとって、買い物とは家に商人を呼ぶものだからだ。

「私も母のお使いで来るくらいですよ。高級品ばかり扱っているので新人事務官には無縁のお店なんです。ジェイさんは今日何を探しているんですか？」

エリィのものを買いたくて来たので、自分のものはいらない。

慌てて考えた末、一つだけ思いついた。

「カフスボタンを」

「じゃあ二階に行きましょう、そこにきっとあると思います」

アンジェロは頷き、エリィを手すり側に立たせ、手を取ったままゆっくりと階段をのぼった。

「ジェイさんって、女性のエスコートに慣れているんですね」

エリィが恥ずかしそうに言う。

「そうですか？」

「は……はい、なんか、お姫様のように扱っていただいて申し訳ないです」

「当然のことです、今日はドレスをお召しですからね」

「ありがとうございます」

エリィが素直な笑顔で言った。首まで真っ赤だ。自分でも赤くなっていることに気づいたのか、小声で言う。

「ふ、ふだんあまり女性扱いされないので、照れちゃいますね……」

照れられて、ひどく新鮮な気持ちになった。

アンジェロが普段エスコートを任されるのは、皇族の女性や、他国の王女などだ。

皆、アンジェロが礼を尽くしても『当たり前』という顔しかしない。

帝国の高貴な令嬢たちは『宝物のように大切にされて当然』の世界で生きているし、男性は女性がどんな態度であれ、親の地位に頭《こうべ》を垂れる。

「でもいい思い出になりました。百貨店に来られて、こんなふうにジェイさんにエスコートしてもらえて！」

エリィがにっこり笑う。彼女が喜んでくれるとアンジェロも幸せな気分になる。

ふと、何かをするたびに喜んでくれた母を思い出した。

幼い頃の自分は、母の喜ぶ顔が大好きだった。

エリィが来る前も、菓子を焼いて皆に配っては喜ばれるのが嬉しかった。

この年になるまで自覚がなかったが、アンジェロの幸せは大切な人たちに喜んでもらうことなのかもしれない。

エリィは素直で、喜びを表すのがとても上手だ。そんなところが、出会ったときからずっと好ましかった。

「ジェイさん、あそこにカフスがありますよ」

エリィがそっと手を離し、男性販売員の立つ陳列台へと歩み寄っていった。

アンジェロは並べられた商品を一瞥する。

カフスは口実だ。早くエリィに贈る宝飾品を選びたい。

——しかしどのような贈り物をすればいいのか。値段はいくらでもいいのだが。

自分で選ぶと間違いなく失敗しそうなので、玄人《くろうと》の助言がほしい。

アンジェロはエリィに『ここで待っていてください』と耳打ちをして、男性販売員を売り場の隅に呼んだ。

そして、大公家の小切手を差し出しながら小声で告げる。

「ここに並んでいるカフスを全部買う。僕の家に送ってくれ。うちの男性従業員たちに配りたいから個別に包んでくれると嬉しい。ついでに、あちらの令嬢に贈る宝飾品について助言してもらえるだろうか」

愛想笑いしていた販売員が硬直する。

その目は小切手の大公家の紋章を凝視していた。

「カフスを包むのはあとでいい。先に彼女への贈り物を助言してほしい」

精神的に切羽詰まってきて、剣を手にしているとき並みに緊張してきた。

アンジェロの気迫が伝わったのか、販売員もみるみる蒼白になっていく。

「か……っ……かしこまりました！　上司を呼んでまいります！」

販売員は一瞬にして裏手へ引っ込んでいった。

しばらくのち、上品な中年の女性と共に勢いよく戻ってくる。

「お待たせいたしました」

「今日は内密の買い物だ。ハーシェイマンの名前は出さないでほしい」

「かしこまりました、『お客様』」

女性店員が頷くのを確かめ、アンジェロは離れていたところに立っていたエリィに手招きする。

エリィは不思議そうな顔で寄ってきた。

「ジェイさん、さっきから何をしているんですか？」

「今日とても楽しかったので、お礼に何か差し上げたいんです」

アンジェロの言葉に、エリィがびっくりしたように首を横に振る。

「えっ？　いえ、いいです、私に気を遣わないでください！」

予想どおり遠慮されてしまった。

きっぱり断られて、思った以上に落胆する。

——何か贈りたかったのに……。

しゅんとして口をつぐんだアンジェロの耳に、突然女性店員の声が響いた。

「お嬢様、そんなことを言ったら彼氏さんが可哀想ですわよ？　贈り物を笑顔で受け取ってあげるのも思いやりですわ」

——なっ……彼氏……？

雷が脳天に落ちてきたような衝撃を受け、アンジェロは立ちすくむ。今まで考えていたことが全部頭から消えた。

「ちっ、違います、彼氏じゃないんです！」

エリィの慌てふためく声が聞こえたが、衝撃で何も言葉が出てこない。

「あらあら、こちらのお客様は嬉しそうな顔をなさっていますけれども……」

女性店員の言葉に、アンジェロは慌てて片手で顔を隠す。緩んだ顔を見られた。恥ずかしいときに顔を隠すのは子供の頃からの悪い癖なのだ。

「お可愛らしい彼氏さんですこと」

「本当に違うんです、この人は職場の先輩なんです」

エリィは首まで真っ赤になっている。

「お客様、お嬢様にこちらはいかがでしょう?」

女性店員が手にしているのは、小さな緑の石がついた金鎖のネックレスだ。

「お嬢様、試しにつけるだけつけて、あちらに見せて差し上げましょう?」

「は、はい……」

女性店員の言葉に、エリィが素直に頷いた。素晴らしい販売力だ。

「綺麗なお首をなさってますわねえ」

髪を横に流したエリィのうなじを見て、アンジェロは心から同意する。

——ああ、綺麗だ……。

「お似合いになるわ。鏡をご覧になって」

髪を戻したエリィが赤い顔で鏡を覗き込み、うつむいた。

「あちらにも見せて差し上げて」

女性店員の言葉に従い、エリィが恥じらうようにゆっくりこちらを向く。

喉元に輝いている緑の石は小さいが、清楚なエリィの雰囲気にぴったりだった。

——あんなに小さな宝石でも、エリィさんがつけると可愛いものだな。

エリィの鎖骨のくぼみで輝く小さな石がだんだん好ましくなってきた。

「すっごく可愛いネックレスですね!」

もう一度鏡を見て、エリィが嬉しそうに笑う。

目をきらきらさせて鏡を覗き込んでいるエリィを見て、アンジェロは無言で女性店員に頷きかけた。

先ほどの販売員は必死に大量のカフスの代金を計算している。時間がかかりそうだ。

——長引くとエリィさんを待たせてしまうな。

アンジェロは大公家の小切手帳に『後日請求分を支払』と書き込み、署名をして渡す。これと請求書を大公家に送ってもらえれば、即日払う仕組みなのだ。

女性店員は小切手を受け取って一瞥すると、アンジェロに深々と一礼した。

「本日は、誠にありがとうございました」

アンジェロは頷いて、じっと鏡を見ているエリィに歩み寄った。

「もしまた散策に付き合ってくださるのなら、そのときもそれをつけてきてください」

「え……っ……あの……これは自分で買いま……」

エリィは一瞬困った顔をしたが、赤い顔をきゅっと引き締めて頷いた。

「……ありがとうございました」

——受け取ってくれた……。

安堵《あんど》するアンジェロに、エリィが優しい笑みを浮かべて言った。

「今度、お礼をしますね。とても嬉しかったのでそうさせてください、ジェイさん」

エリィを自宅の集合住宅前まで送り終え、帰途についてから半刻後。

いつものように『視線』を感じ、アンジェロは人知れずため息をつく。

ゆっくりと大通りを横切り、人気《ひとけ》の少ない方面へと向かう。

——逃げるか、殺すか……殺そう。

そう決めて人気のない路地へと進んでいくと、追ってきた三人が距離を詰めてくる。だが
この先の道はひどく狭い。

アンジェロは誘い込むように細い路地の奥へ駆け込んだ。

距離を詰めてくる男たちはすでに剣を抜いている。アンジェロは鞄から大ぶりの短剣を取
り出すと、鞄とショールを投げ捨てて振り返った。

——よい一日だったが、最後にケチがついたな。

力一杯振り下ろされた剣を分厚い短剣の刃で受け止め、アンジェロは渾身《こんしん》の力で跳ね返し
た。がきん、という鈍い音と共に相手が体勢を崩し、手にしていた長剣が空を舞う。

アンジェロは落ちてきた長剣の柄《つか》を掴み取り、容赦なく相手めがけて振り下ろした。

第三章　嫉妬

ジェイとの楽しいお出かけの翌日……。

「また殺人事件があったんですよ、聞きましたか？」

エリィは声をひそめて、隣の席の上司に話しかける。

「身元不明の不審な男たちが、三人も辻斬《つじぎ》りに遭ったたって……！」

「知っているよ。今日、皇帝陛下が、巡回を増やすよう命令を出されるはずだ」

上司は落ち着き払っていた。

やはり宵闇騎士団で長年働いていると、殺人事件にも慣れてしまうのだろうか。

――私もこうなるの？……大丈夫かな。

「巡回が増えて安全になるならいいんですけど。市民の皆さんが危険に晒《さら》されないようにしたいですよね」

「まあ、それは偉い人たちの仕事だね」

上司はそう言って、本部長や副本部長が座る上座のあたりをチラリと見つめた。

「犯人は誰なんでしょう？　きっと、この前の四人と同じですよね？　どうして身元不明の男たちをバッサリ斬り殺しているのかな……」

「わからないけれど、閣下……じゃなくて犯人は一般人を狙ってるわけじゃなさそうだよね。だから普通に暮らしている皆が襲われることはないんじゃないかな？」

——そのとおりかも。この前殺された四人も、ろくでもない奴らだったらしいし……。

エリィは上司の言葉に頷き、今日の分の書類を確認した。

上司が朝一番に置いていった書類がある。それから新しい振込依頼もだ。

外出は一度で終わらせたい。

銀行に持っていく書類に漏れがないかをもう一度確認しなければ。

——あ……そうだ、昨日聞けばよかった。ジェイさんに預けたシェールさんのお手紙、ちゃんと大公閣下に渡ったのかな？

ジェイの顔を思い出した瞬間、顔が熱くなった。

手を取られて階段をのぼったことや、馬車からかばってもらったこと、ネックレスを贈られたことが次々に思い出されてますます顔が火照る。

——ジェイさんへのお礼、刺繍をしたハンカチで喜んでもらえるかな……？

エリィは刺繍が得意だ。

帝都に来たばかりの頃、エリィを預かってくれた糸屋の大奥様に習った。

『内職の足しにして、お母さんを助けるといいよ』と刺繍を教えてくれたのだ。

小銭になると言われて、エリィは必死で刺繍を覚えた。

当時の母は、帝都の家賃の高さ、マナー講師としての勉強にかかるお金、育ち盛りのエリィの養育費で、毎晩家計簿を見ながらため息をついていた。

子供心にも母が心配だったから身につけられた技だ。作ったハンカチは、糸問屋の店先で販売してもらえた。

『幼い子供が刺繍した』という評判もあって、売れ行きはそこそこだった。

それ以降も『いざお金がなくなったときのために』と難しい図案に挑戦し続けてきたので、刺繍の腕は上がったと思う。

——できあがったら渡してみよう。お菓子を配りに来てくれたときにでも。

書類をそろえながらも、まだお礼のことが頭から離れない。

——うーん、やっぱり、ネックレスまでいただいたのに、ハンカチ一枚じゃ足りないよね？　普段からお世話になってるし、他にも喜んでくれそうなお礼を考えようっと。

エリィは銀行用の書類を整え終え、漏れがないかを確認して、鞄に入れて外に出た。

今日の銀行も混み合っている。支店が増えればいいのにと思いながら手続きを終え、エリィは外に出た。

もうすぐ盛夏が来る。帝都の夏はペーリー王国よりは涼しく過ごしやすい。

——次の作業は、支部の皆様に配る『今月のお知らせ』の原稿作成か。

宵闇騎士団の本部にいるのは、事務員や幹部の他は特殊行動班の面子だけだ。一般の騎士たちは帝国内に点在する各支部所にいる。

人数は五千人ほどで、他の騎士団よりははるかに少ない。職務内容も、特殊行動班の人たちとあまり変わらない、と説明を受けている。

――でも難しい事件の場合は、本部の特殊行動班に回ってくるんだよね、あの汚い場所にいる皆さん、ホントに凄腕《すごうで》ぞろいなんだなぁ。

そのとき、鞄を抱えて歩くエリィの肩が急に叩かれた。

まったく気配がなかったことに驚いて振り返ると、赤い目のアレスが立っていた。

「よう、エリィちゃん、銀行帰りか？」

「こんにちは、そうです」

エリィは折り目正しく頭を下げる。

――軟派な人だけど、間違いなく凄腕の騎士様なのよね。頭を下げておこう……。

「今夜、俺と飯食わねえ？」

「私は予定があるのでごめんなさい」

刺繍は時間がかかるのだ。

「お前冷たくないか？　俺と仲良くしたくないわけ？」

アレスが面白そうに聞いてくる。

士官学校時代の『男前』な同級生の顔がいくつもよぎった。

俺様で自信たっぷりで、自分になびかない女が好きな男。アレスもその類《たぐ》いなのだ。

「私は『お前』じゃないです。もう名前忘れたんですか？」

にっこり微笑みかけると、アレスも機嫌よさそうに笑い返してきた。

――やっぱり『俺に逆らう女が楽しい』系かぁ。そのうち私に飽きるでしょ……。

「で、飯は？」

「行かないです、最近趣味に忙しいので」

「趣味ってなんだよ」

「刺繍です。アレスさんは絶対興味がないと思いますよ」

エリィは職場の通用口をくぐる。後ろをついてきたアレスが思い出したように言った。

「そうだ、警察隊からお前のベルト回収してきたからさ、あとで取りに来いよ」

――ベルト……？　ああ、あのとき、襲ってきた男の手首を縛ったやつか。

「はい。仕事が終わったら伺います。その時間帯はいらっしゃいますか？」

「事件が起きなければ、夜まであそこにいる予定」

――急ぐものじゃないし、会えなかったら今度でもいいかな。

「わかりました」

エリィは職場に戻り、いつもどおりに仕事の続きを始めた。

どうやら今日は、ジェイはお菓子を配りに来ないようだ。

――私……ジェイさんのことすごく待ってる。な、なんか意識しちゃってる？

二人で出かけたことを思い出すたびに胸がドキドキする。

士官学校時代に同級生の男子に誘われて食事に出かけても、あんなふうに恥ずかしくて緊張したことはなかった。

――馬車からかばってくれたときも、すごく男らしくてびっくりしちゃった。いつあんなに鍛えたんだろう？　お菓子作りであそこまで鍛えられるのかな？

思い出すとますます顔が熱くなる。

エリィはジェイのことを頭から振り払い、仕事に集中することにした。

浮かれていては今日締め切りの仕事が間に合わない。おかしな事件がまた起きたことだし、残業禁止令がさらに徹底されるだろうから、時間がない。

――えっと、支部に配布するお知らせは、全部郵送の手続きが済んだし、警察隊から来た書類も全部上席者のサインが入っているし……大丈夫……。

退勤時間を過ぎても、エリィは必死に書類の最終確認をしていた。

「物騒だから早く帰りなよ」

上司に言われて返事をしたものの、確認する書類の数が多すぎる。

閉鎖的な宵闇騎士団は、二十年近く本部の事務官を採用してこなかったと聞いたが、この仕事量では上司たちもさぞ大変だったに違いない。

――終わった……これを回収箱に入れて、こっちの書類は本部長の机の上に戻して。

定時を一時間ほど過ぎた頃、やっと作業が終わった。帰り支度を終えたとき、アレスとの約束を思い出す。

捕縛用に貸したベルトを返してもらうのだった。

エリィは帰りの挨拶をして階下に降りた。相変わらず散らかっている。

今日は、扉は閉まっていた。エリィは扉をノックし名乗りを上げた。

「エリィ・クレイガー事務官です。アレスさんに用があってきました」

部屋の中は静かだ。しばらくして扉が開いた。

「こんばんは」

姿を現したのはジェイだった。

――あ……！

反射的に赤くなってうつむきそうになったが、エリィは慌てて己を叱咤した。

ここは職場だ。ジェイのことも変に意識してはいけない。

すぐに気持ちが引きしまる。エリィはいつもどおりの笑顔でジェイに言った。

「アレスさんいらっしゃいますか？」

「いるぜ」

扉のところに立つジェイを押しのけるようにしてアレスが顔を覗かせた。

「お前のベルトだろ？」

「はい、取りに来ました」

「ほらよ、また夜に飯とか色々行こうな」

アレスがベルトを差し出しながら、にやりと笑って言った。扉の陰になってしまい、せっかくのジェイの顔はまったく拝めない。

――え……？　どこにも一緒に行ったことないですよね？

エリィは反論しかけて、口をつぐむ。どうやら今は打ち合わせ中のようだ。邪魔してはいけない。エリィはベルトを受け取り、急いで頭を下げた。

「ありがとうございました。失礼します」

それだけ言い置いて、そそくさと特殊行動班室をあとにした。

――せっかくジェイさんに会えたけど……話ができなかったな……。

エリィはそのまま階段を駆け下りた。

急いで帰って、刺繍の続きをしよう。お礼を早く渡したい。そう思いながらエリィは羽が生えたような足取りで帰り道を急いだ。

◆

――なぜアレスがエリィさんのベルトを……。

アンジェロは悩んでいた。

アレスの女関係が派手なことは昔から知っている。長い長い付き合いだからだ。業務に支障は来していないため、干渉せずに来たのだが。

――なぜ普段は外すこともないベルトを……アレスが……。

理由を想像するだけで胸が真っ黒に塗りつぶされる気がする。アンジェロはぎゅっと目をつぶり、雑念を払って目を開けた。

——そんなことより、明日までに終えないといけない書類作業がこんなにある。日付が変わる前には休まねば。あまり遅くなるとまたサヴィーに心配をかける……。

アンジェロは利き手の親指と人差し指の間に巻かれた包帯に目をやった。

短剣で長剣の一撃を薙《な》ぐと相当な力がかかる。

柄を握っていた部分があざになってしまった。

「昨日は、同僚のお嬢様とお出かけなさると伺っておりました。それなのになぜ、お怪我をなさって帰ってこられたのでしょう?」

アンジェロが怪我をするのは当たり前のことだ。だがサヴィーは心配し、必ず手当てをしてくれる。昔から変わらない。

痛かろうが骨が折れていようが、身体が動けばアンジェロは剣を握る。

だからますます心配をかけてしまうのだろう……。

「繰り言でございますけれども、大旦那様亡き今、アンジェロ様が宵闇騎士団の特殊行動班で戦われる必要はあるのでしょうか」

「いいんだ。少なくともあそこでは僕も役に立っている」

答えを聞いて、サヴィーがため息をつく。

「他のことでも大いに役立っておられますよ。過小評価なさらないでください。福祉のお仕事も管財人たちの監督も、先代様よりはるかにしっかりと務めておいでです」

「パーティは頑張っていない。皇帝陛下にもっと顔を出すよう叱られた」

「そちらはほどほどでよろしゅうございます。ハーシェイマン家のご当主様なのですから、軽々しくないほうがよほど」

「そうか」

アンジェロは、ふと思い出してサヴィーに尋ねた。

「もう僕の私室以外は、夏の装いに変わったのか？　秋の分の発注は？」

毎年リネン類やインテリアを買い換えるのは、特別な高級品を扱う職人たちに仕事を与えるためだ。大公家では一年を通して腕のいい職人の予定を押さえているため、何も発注しないわけにはいかない。

出費が嫌なのではなく、選んでいる時間がないのだ。

女主人不在の屋敷では、家事采配もアンジェロの仕事なので毎年滞る。

他の独身の貴族は、どのように細かい家事をこなしているのだろう。

「はい、秋のインテリアの注文は済んでおりますし、夏のしつらえも整っております」

「僕の私室には、人を入れることもないし、今年も変えなくていいだろう」

サヴィーが少し困った顔をする。

「当主様の私室こそ、一番美しく飾られるべきです。心休まる素敵なお部屋になさったほうがよろしいかと」

私室のことを深く考えようとすると頭痛がした。

昔のままでいい。あの部屋で過ごしていれば、父にされたことを余さずに思い出せる。だから、父と同じ人間にならずに済むはずだ。

「いや、何も変えるな。飾らなくていい」

そう答えると、サヴィーがしばし考え、ためらいながらも頷いた。

「かしこまりました。ところでアンジェロ様、突然カフスボタンを百個も衝動買いされたことには目をつぶりますゆえ、女性従業員たちにも慰労をお願いいたします」

――そうだった、カフス……忘れていた……。

アンジェロは額を押さえ、しばらく考えて答えた。

「有給休暇か、カフス相当の給金を選べるようにしてやってくれ。男性でもカフスが不要な者には同様の対応を、詳細はお前に任せる」

「はい、仰せのとおりに」

当面の事務作業が終わり、アンジェロはため息をついた。

そして再び先ほどの悩みに戻る。

現場に遭遇した時から何度同じことを考えているのか。

――なぜエリィさんのベルトをアレスが持っていたのか。

あの男に聞いたところで『さあな』としか答えないのはわかりきっている。アンジェロをからかうためならなんでもする男なのだ。昔から。

真実を知りたい。エリィに聞いてみようか。しかし聞くのが怖い。彼女の口から『アレスさんの部屋に忘れちゃったんです』などと言われたら心臓が止まる。

――なぜあいつがエリィさんのベルトを持っていたんだ。

もう考えるのをやめたい。

誰か答えを教えてくれないだろうか、アンジェロが傷つかない範囲の答えを。そんなもの、多分ないだろうが。

「アンジェロ様、お顔の色がよろしくありませんので、本日はお休みくださいませ。昨日も手にお怪我をされて帰っていらしたというのに……危ないことはどうかお避けください。自ら突っ込んでいかれてはなりませんよ」

「ああ、もう寝る。安全にも気をつけよう」

――毎度毎度口約束ばかりで申し訳ないな。

明日は、特殊行動班の団員たちが走り込みついでに帝都の様子を見て回ると聞いている。自分も動きやすい服装で参加しよう。

身体は常に鍛え続けなければ鈍る。

――エリィさんはなぜアレスにベルトを……駄目だ、もう考えては……。

くたくたになるまで身体を酷使しなければ、頭がどうにかなりそうだ。

「明日は四時頃に出かける」

そう言い置いて、アンジェロはふらふらと私室に向かった。

小さな控えの間と次の間、寝室からなる質素な部屋だ。

サヴィーには『もっとちゃんとした部屋に移れ』と言われているが、移動する気になれない。ここはアンジェロのための静かな泥沼なのだ。

扉を開けると、ぼろぼろになったカーテンが見えた。

控えの間に置かれたソファもクッションもあちこちが破れ、綿が飛び出している。

次の間に続く扉には、いくつも斬りつけた跡が残っている。叩き割られた鏡は、枠にかろうじて破片が残っているだけだ。

「僕は父上のような男にはなりません」

壊された部屋に入ると、アンジェロは小さな声でつぶやいた。

◆

ジェイとの外出から一週間が経った。

毎日夕飯もそこそこに遅くまで頑張ったおかげで、刺繍のハンカチが完成した。

かつては売り物だったのだから見栄えも悪くないはずだ。

――ジェイさんを見かけないな。アレスさんからベルトを返してもらった日から一度も。

どうしたんだろう……具合悪いのかな？

気になるのはまったくジェイに会えないことだ。

今週はとくに忙しかった。本部長も副総帥もほとんど姿を見かけなかったし、陛下の特殊行動班の人たちともほとんどすれ違わなかった。

だからジェイもきっと忙しいのだろう。

そうわかっていても目で探してしまう……。

——避けられてない……よね？

こんなに顔を合わせないのは初めてなので、不安になってくる。

しかし避けられる理由はまるで思い当たらない。くよくよしていると仕事の手が止まってしまう。

——あの綺麗な顔が見られないと……元気が出ないな……私……。

落ち込んでいないで、彼に会えたらお礼を渡すことを忘れないようにしなければ。

数日前、友人たちの間で『美味しい』と評判の焼き菓子の詰め合わせを買って帰ってきた。

これと一緒に刺繍のハンカチを渡そう。

——今日こそ渡せるといいけど。

エリィは綺麗に皺《しわ》を伸ばしたハンカチを確かめる。白い生地に、ジェイが言っていた『初夏のリーヴェン』の柄を明るい緑であしらってみた。

明るい緑のラヴェンダー柄で、男性でも使えると記されていた。

リーヴェンの柄は、実家から持ってきた図案集に『古典』として掲載されていたものだ。

なかなかよくできている。

自信を取り戻しつつ、エリィは通勤鞄にお菓子とハンカチを詰め込んで家を出た。

——ああ、今日も書類が山積み。頑張ろう。

職場について自席に座ると同時に、やることがどんどん降ってくる。

団内で扱う書類の束や、雑用や振込依頼書と格闘していると、あっという間に外が暗くなってくる。お腹もすいてきた。

そろそろ終業時間だと思ったときに、本部長が声をかけてきた。

「クレイガー君、仕事に慣れてきたようだね」

「はい、おかげさまで少しずつ！」

「君のように元気な新人が、たくさん宵闇騎士団を志望してくれたらいいんだがね。もう終業時間だよ。早めに帰るようにね」

エリィは本部長の言葉に頷いた。

「わかりました。残業にならないように今日はもう帰ります」

仕事の区切りもいい。エリィは鞄を肩にかけて下の階に向かった。

——今日はジェイさん、いるかな？

散らかった廊下を覗き込んだ拍子に、大量のゴミ袋を手にしたジェイと鉢合わせた。

「こっ……こんばんは！」

心の準備をしていなかったので、声が裏返りそうになってしまう。

「こんばんは、エリィさん」

ジェイはいつもの笑顔……ではなかった。

妙に疲れて見える。髪も若干乱れているし、シャツのボタンも思い切り開いている。

いつものジェイらしくない。

——み……見ちゃ駄目……すごい綺麗な筋肉……バカ！　見ちゃ駄目、見たい。

心臓に悪いが、目の保養になる胸板だった。

「何をなさってるんですか？」

目を背けつつ、おそるおそる尋ねる。

ジェイはうっすらくまの浮いた笑顔で答えた。

「あまりに廊下が汚いので、不要な品物を捨てていたんです」

「じゃあ、ゴミ袋を運ぶの、手伝います」

エリィはジェイの手からゴミ袋を何個か取り上げた。ずっしり重い。

「一階の集積場ですよね、行きましょう」

ジェイは何も言わない。よほど疲れているのだろう。エリィは重いゴミ袋を手に、よたよたと階段を降りた。倍以上の数の袋を下げているジェイは大丈夫なのだろうか。

「ゴミ袋、重くないですか？」

「ええ……」

エリィは踏み外さずに階段を降り終え、ジェイを振り返る。相変わらずどんよりした顔だ。それにしてもやつれきっている。なにかあったのだろうか。

「最近忙しかったんですか？」

ゴミ袋を積み上げながらエリィは尋ねた。

「いえ……普通です」

なんだか素っ気ない。ジェイと会えて浮かれていた気持ちが急速にしぼんでいく。

──邪魔しちゃったかな……？

エリィは寂しさを覚えつつ、ジェイの装いを指摘した。

「とてもお疲れみたいですし、シャツのボタン外れてますよ」

「あ……そうですね……先ほど薬品の調合をしていたので、念のため着替えたのです。お見苦しいところをお見せしました」

うつろな目でジェイは答え、のろのろとボタンを留め直す。

──いいえ……素晴らしい胸筋をありがとうございます……。

心底そう思ったが、はしたない意見は心の中だけにとどめておいた。

「無理しないでくださいね、廊下のゴミ捨て、私も手伝います」

「もうだいたい終わりましたから。エリィさんは遅くなる前に帰ってください」

「はい……」

妙に避けられているのは気のせいだろうか。しかし心当たりがない。ちょっと考えた末、エリィはジェイを追いかけ、用意してきたお礼を取り出した。

「そうだ、ジェイさん、この前のお休みは本当にありがとうございました。お礼を持ってきたんです」

「お気遣いなく」

ジェイが力ない笑顔で言う。やはりおかしい。何か嫌なことでもあったのだろうか。

──お菓子あげたら、少し元気になってくれるかな？

エリィは鞄を下ろした。菓子の箱は鞄の底に平らに置いたので、上着や身分証をかき分けて取り出さねばならない。

「アレスは、ああ見えて伯爵家の三男で、実力もある男です。口が悪いのは昔からですが、いい奴なんです。僕の幼馴染《おさななじ》みのようなもので」

「へえ、そうなんですね。実はお坊ちゃまなんですね」

まったく興味のない情報が唐突にもたらされたが、適当に返事をした。そして鞄から焼き菓子の箱と、紙に包んだハンカチを取り出す。

「アレスから聞いていませんか？　僕たちの話を」

「いいえ、あまりあの人とお話ししたことがないので。それより、これ、ジェイさんに差し上げたかったお礼なんですけど……」

エリィは顔を火照らせながら告げる。ジェイは放心した顔で、エリィが差し出したお菓子の箱を受け取った。

──心ここにあらずだけど、落とさないかな？

「エリィさん、あのベルトはなんだったのですか？」

次にハンカチを渡そうと緊張していたエリィは、唐突な質問に首をかしげた。

「ベルトってなんの話ですか？」

「貴女がアレスから受け取っていたベルトです」

「ああ……襲撃犯の手首を縛った時に使ったベルトですよね？　警察隊から返却してもらって、アレスさんが預かってくれていたんです」

──ハンカチ……ハンカチを渡そう……。

緊張で心臓がドキドキ言い始めた。

嫌な顔をされずに受け取ってもらえるといいのだが。

「こ……これ……よかったら……」

薄紙に包んだハンカチを渡すと、ジェイは優雅な手つきで受け取ってくれた。お菓子の箱を片手に首をかしげる。

「ありがとうございます。拝見してもよろしいですか？」

エリィは頷き、ジェイの手から箱を取り上げた。両手が空いたジェイが薄紙を開いてハンカチを取り出す。

「綺麗なハンカチですね。この柄はリーヴェンですか？　今の時期にちょうどいい」

どうやら、頑張って作ったハンカチを気に入ってくれたらしい。

さっきまで魂が抜けたようだったジェイの顔には美しい笑みが浮かんでいる。

不思議なことに突然元気になったようだ。理由はわからないが、よかった。

「手刺繍なのですね。よくできている。どちらの工房の品でしょう？」

「あ……あの……」

自分で作りました、というのが恥ずかしい。今更気づいたが、手作りなんてちょっと重かったかもしれない。

だが言い訳しようとしても、頭が回らない。

「お菓子のおまけなんです、ハンカチは」

「僕は、この花が昔から好きなんです。花にまつわる古い逸話も美しいですからね。どうしてこの柄にしてくださったんですか？」

優しく微笑まれ、頭の中が空回りし始める。

「あ、こ、この前、リーヴェンのようだと褒めてもらえて、あの……い、いえ、その」

余計なことを口走ってしまい、ますます恥ずかしくなる。

脳みそが煮えたぎっているようだ。

「お、お礼だから、自分で刺繍しようかなって……でもすぐできたので、全然すぐできたので気にしないでください」

――駄目だ……！　やっぱり手作りのハンカチなんてあげないほうがよかったかも！

恥ずかしさで目の前がぐるぐるしてきた。そのとき、箱を抱えていないほうの手がひょいと持ち上げられる。

――え……？

手の甲に口づけされたのだ。

気づいてエリィの頭は真っ白になった。

——こんなの、お母さんのマナー講座の中だけの話かと思ってた……！

ジェイの仕草は流れるように美しくて、完璧だった。

本物の貴公子に『貴婦人へのキス』をされたような気持ちになる。

顔が焼けそうなほどに熱くなった。

ジェイがエリィの手を取ったまま凛とした声で言う。

「ありがとうございます」

先ほどまでとは別人のようによく通る声だった。

「あ……あの……あ……」

何も言葉が出てこない。

手の甲に軽く触れただけの唇の感触が生々しく残っている。小刻みに震えるエリィの手を取ったままジェイが言った。

「貴女があの一日を喜んでくださったのだと自信が持てました」

なめらかな声音にますます鼓動が速くなる。

——ど、どこの王子様……？　どうして急にそんな声出すの……？

なんと言葉を返せばいいのかわからない。

燃えるように熱い顔のエリィにジェイが尋ねてきた。

「またお誘いしてもいいですか？」

返す言葉が何一つ浮かばないままエリィは頷く。

「この一週間、貴女とアレスの間に特別な関係があるのかと思い込んでいたんです。約束した桜桃の焼き菓子も作らず、申し訳ありませんでした」

わけがわからない。何を言われているのか頭に入ってこない。

わかるのは恥ずかしくてこの場から逃げたいこと、けれどジェイの言葉をもっと聞きたいこと。ただそれだけだ。

「貴女の笑顔をまた期待してもいいのでしょうか？」

優しい声がエリィの心臓を直撃した。

「あ……っ、えっ、あ……あの……」

煮えたぎる頭を必死に駆使しながら、エリィは頷いた。

——うなずい……ちゃった……。

透きとおる青い目に見据えられ、身体が震える。

いつだってジェイの顔を見たいと思っているのは本当だ。

たった一週間会えなかっただけで、不安で寂しかった。

——私、ジェイさんのこと、かなり好き……なんだろう……な……。

認めるだけで、ぎゅっと胸が苦しくなる。

「本当に？」

重ねられた問いに、エリィは勇気を出してもう一度頷いた。

ジェイは手を離し、胸に手を当てて一礼した。

ゴミ捨て場の扉の前だというのに、彼はどこまでも優雅だ。見とれてしまう。

「ありがとう。僕は貴女を……いえ、この続きは、正しい姿でお話ししたいです」

唐突に話を打ち切られ、エリィは目を丸くした。

「なんですか、正しい姿って？」

「明日、僕と会っていただけますか？」

ジェイの提案に心臓がばくばくと音を立てる。

けれど嫌ではなかった。

――ジェイさんにどう思われてるのか……知りたい……。

エリィの勘違いでなければ、ジェイも自分と同じ気持ちでいてくれるのかもしれない。

一緒にいると楽しいとか、ドキドキするとか、顔が見たい、とか、可愛い……とか……。

「すべては明日ご説明します。そのときに聞くだけでいいので、僕の話を聞いてください。

エリィさんの家は存じ上げているので、朝迎えを行かせますね」

――ご説明……？　迎え？　えっ、なんだろう……？

だんだん不安になってきた。だがジェイは曲がりなりにも宵闇騎士団の職員なのだ。同僚
におかしな真似《まね》はしないだろう。

「わ、わかりました……」

エリィは頷いて、無意識に抱きしめていたお菓子の箱をジェイに差し出した。

「では僕は、家に帰って明日の準備をします！」

お菓子の箱を受け取るなり、ジェイは身を翻して走り去る。

「待って、ジェイさん、なんの準……ああ、行っちゃった……足速いな……」

動悸《どうき》が収まらない。

ジェイは明日何を話してくれるのだろう。

そう思いながら、エリィは火照った頬を手のひらで押さえた。

第四章　驚きの求婚

翌朝、エリィはなぜか、ハーシェイマン大公家の馬車に乗せられていた。

今日の服は薄いベージュのドレスで、フリルもレースもない。その代わりお気に入りの緑の靴と鞄を主役にした。

髪は下ろし、ジェイに贈られたネックレスだけを身につけている。

エリィとしては可愛い格好をしたつもりなのだが……。

——こ、こ、こんな格好で乗っていい馬車じゃない！

馬車の内装は、これまでに見たどんなものよりも高級感溢れている。

つややかに塗られた黒の壁面に、白金で花の模様が描かれ、天井にはハーシェイマン大公家の紋章が燦然《さんぜん》と輝いている。

カーテンは白金色の絹と繊細なレースの二枚重ねで、座席は生成り色の美しい革張りだ。

足下に敷かれた絨毯《じゆうたん》は絹製で、鮮やかな紅色に染められていた。

何もかもが豪華すぎる。夢でも見ているのだろうか。

——下手に触って指紋で汚さないようにしないと。

馬車は皇宮の前を横切り、高級住宅街の中でも奥まった一角へと走っていく。道の途中にいくつかゲートがあったが、馬車は一度も止まらなかった。

——一般庶民は足を踏み入れることもできない区域じゃない？

窓の外に見えるのは、巨大な邸宅ばかりだ。

どの家にも門番が立っていて、高位貴族の屋敷だというのがわかった。

——こんな特別区域は初めて来た。こ、この先……何があるのかな……？

エリィは馬車の窓を遠慮がちに開け、顔を覗かせる。

馬車の進行方向にあるのは、他の屋敷とは一線を画す大豪邸だった。門の奥に花が咲き乱れる庭園、さらに奥には白亜の巨大な邸宅が見える。

あの第二の皇宮のような豪奢な屋敷がハーシェイマン大公邸なのだ。

大公家は百年ほど前に、皇帝の双子の弟から始まった家と聞いた。

だんだん頭が麻痺してきた。

ジェイはなぜ大公閣下のお屋敷にいるのだろう。

今日彼に会ったら何を話そうか、と緊張してよく眠れなかったのに、眠気など吹っ飛んでしまった。気を抜けば瞬きさえ忘れてしまう。

窓を閉め、エリィはため息をつく。馬車はそのまま走り、正門前で止まった。

全身から血の気が引く。

——えっ、通用口に行かないの？　私……正装じゃないんですけど……？

エリィの脳裏に、ハーシェイマン大公家の馬車に乗せられたいきさつが浮かんだ。

今朝《けさ》、家で約束どおりにジェイを待っていたら、正装をした『サヴィー』と名乗る男性が迎えに来て、この馬車に乗せられたのだ。

正直、今も混乱したままだ。

『わたくしはハーシェイマン大公家の侍従長でございます』

サヴィーの名乗りを聞き、エリィは反射的に床に正座してしまった。

『わ、私、職場で何か閣下にご無礼をいたしましたでしょうか？』

それ以外、自分と大公閣下との接点が浮かばなかったのだ。

真っ青になって震えるエリィに、サヴィーは穏やかな笑顔で首を横に振った。

『いいえ、そうではありません。私は主《あるじ》の命令でお嬢様をお迎えに上がりました』

『あ、あの、私……今日、職場の先輩と待ち合わせ……していて……』

『もちろん存じ上げております。お待ち合わせの方は、ハーシェイマン大公のお屋敷におられますので』

——なんでジェイさんが大公閣下のお屋敷に？　お屋敷でも働いているの？

わけがわからなかったが、サヴィーに『閣下がお待ちです』と言われ、エリィは馬車に乗らざるを得なかった。正装に着替える時間などまったくなかった。

——た、大公閣下のお呼び出しに応じないなんて、ありえないし、でも……。

『わたくしはエリィ様と同じ馬車には乗れませんので、あとに続く馬車に乗らせていただきます。同行いたしますのでどうぞご心配なく』

——後ろの馬車に乗る？　サヴィーさんって大公閣下の侍従長だし、貴族だよね？　たしか伯爵閣下のはず。

サヴィーにもらった名刺を確認したが、ちゃんと『伯爵』と書かれている。

エリィの継父より高い地位だ。

それなのに、主賓用の馬車に乗れないとはどういう意味だろう。

——私、どんな扱いなの……お客？　罪人……？　わからない、怖い……。

そのとき、ハーシェイマン大公家の正門が開け放たれた。馬車はそのまままっすぐに、正面玄関へと続く長い長い道を走り始める。

左右に見える庭園は夢の世界のようだった。

初夏の明るい緑に溢れ、つつましやかな花々が咲き乱れている。

派手ではなく、爽やかで心地よい眺めだ。かといって剪定《せんてい》がおろそかな箇所はなく、生け垣は完璧に整えられていた。

——ハーブも植えてあるのかな、貴族のお庭には珍しいけど、明るい淡い色で綺麗。

エリィは庭を眺めながら思った。中央の噴水をぐるりと回り、馬車はようやく正面玄関へとたどり着く。

とてつもなく緊張してきた。

馬車の扉が開き、サヴィーが笑顔で手を差し伸べてくれた。

「大公閣下は正面玄関ホールでお待ちです」

「で、で、で、出迎えてくださるんですか？　どうして？」

血の気が引くのを感じながら、エリィはサヴィーに尋ねた。

「閣下がご説明なさるとのことです」

「ジェイさんに会わせてもらえるのですよね？」

青ざめながらも問うと、サヴィーは笑顔で頷いてくれた。

「もちろんでございます」

「私、大公閣下にお目にかかれる身分ではないのですが」

「ご心配なく。今日は閣下のお招きですので」

——どうして……どういうことなの？　ジェイさんは何者なの、閣下のご兄弟？

たとえ招かれたパーティのときであっても、大公殿下と妃殿下が姿を現すのは来客がほぼそろってからだ。

個人的な用件で呼ばれたのだとしても、エリィが応接室で指定された席についたあと、大公閣下は時間をおいて優雅に登場なさるのが『常識』である。

待つのは身分が下の者。それが貴族社会のすべてだ。

そもそも大公閣下の侍従長たるお方が直々に迎えに来たことも異常なのだ。

超がつく上流階級には、エリィも知らない特別な常識があるのかもしれない。

——とにかく、閣下にお目にかかったときに失礼のないよう、姿勢だけは正さなきゃ。

エリィはサヴィーに手を取られて邸内に入った。

——広い……！

ハーシェイマン大公家の玄関ホールは、あっけにとられるほどの広さだった。

しかもどこもかしこも隙なく整えられ、美しい。

夢の世界に踏み込んでしまったかのようだ。

白い壁と精緻なタイルが張り巡らされた床。その上にまっすぐに敷かれた緑の絨毯。

端には白金の縫い取りがある。

——ふ、踏んでいいのかな……この絨毯……。

至るところに香り高い花が生けられ、天井から下がるシャンデリアは虹色の輝きを放っている。

ホールに一糸乱れずに列をなしているのは、邸内の使用人たちだ。全員エリィが現れると同時に深々と頭を下げた。

つられて頭を下げそうになり、エリィはすんでのところでこらえる。

このように迎えられたときは、そのまま先に進まねば駄目なのだ。

覚えても使いどころがない知識だと思いつつ、母のマナー講座の手伝いのために勉強してよかった。今、その知識にギリギリ救われた。

——皇帝陛下をお出迎えするみたいな状況じゃない？

気が遠くなりかけたとき、エリィの目がホールの奥に佇《たたず》む人間をとらえる。

——ジェ、ジェイさんだ……よかった……！

今日のジェイは、黄金色の髪を左側で三つ編みにして、黒の豪奢な礼装をまとっていた。

漆黒の生地には、詰め襟にも袷《あわせ》の部分にもぎっしり白金の糸で刺繍がされている。

胸に留めている金色の飾りが、シャンデリアの光を反射してまばゆく光っていた。

——どうしてそんな格好をしているの？

目が合うと、ジェイが優しい笑みを浮かべた。

「突然お招きして申し訳ありませんでした」

聞き慣れたジェイの声だ。

安堵で頬を緩めかけたとき、傍らでエリィの手を取っていたサヴィーが深々と頭を下げた。

エリィも慌てて、ジェイに深々と頭を下げる。

——この人、ジェイさんだよね？

なんだか嫌な予感がしてきた。

足がつま先からじわじわと冷えていく。

「アンジェロ様、エリィ・クレイガー様をお連れいたしました」

——えっ……？　アンジェロ様……？

「ありがとう」

サヴィーの手が離れる。

ジェイのつま先が、ぐにゃりと歪んで見えた。

——あ……あれ……私……なんか気持ち悪……。

目の前がすうっと暗くなった。灰色の砂粒のようなもので視界が埋め尽くされていく。しっかり立っていなければ……と思ったとき、誰かに抱き留められた。

——ジェイさんの匂いするもん……ジェイさんでしょう……嫌だ……。

目尻に涙が伝うのを感じながら、エリィは意識を失った。


気を失っている間、夢を見ていた。

笑顔でジェイがお菓子の箱を差し出してくれる。喜んで開けると、箱の中には何も入っていないのだ。がっかりして顔を上げると、ジェイもいなかった。

どこに行ったのかと探し回るうちに、周囲が白と緑、白金で統一された絢爛豪華なお屋敷に変わっていく。

『ジェイさん、どこ』

叫ぶと同時に、まっすぐ整列していた使用人たちが一斉にエリィを睨みつける。

怯えて立ちすくんだエリィの耳に、たくさんの使用人たちの声が届いた。

『どちらさまでしょうか』

『貴女は場違いなお客様ですね』

『ジェイさんなんて人間は、大公家にはおりません』

——嫌だ、どうして……！

耳を塞いだ刹那、ぱっと目が開いた。恐ろしい夢を見ていたせいか、心臓がどくどくと早鐘を打っている。呼吸も乱れていた。

涙を流していたらしく目の周りもぐちゃぐちゃだ。

——ここ、どこ……。

優美な風景画の描かれた天井が見える。天井を支える柱には精緻な彫刻が施され、白い壁紙には白金の幾何学模様が打ち出されている。

帝都に来たばかりの頃に見学した、皇宮図書館の特別室みたいな部屋だ。

どこもかしこも、所有者の権威を示すためか、芸術品のように手が込んでいる。

エリィは手の甲で目元を拭った。

——ああ、そうか、ハーシェイマン大公閣下のお屋敷なんだ。私、倒れて……。

身体中が重かったが、エリィは起き上がった。

寝かされている寝台もとても綺麗だった。掛け布は生成り色で、白金と緑の刺繍で無数の美しい花が浮かび上がっている。

どこもかしこもふかふかで滑らかだ。

——私、帰りたい。

倒れる直前に見たアンジェロ・ハーシェイマン大公の姿を思い出したら、ずきんと頭が痛んだ。

ひどい話だ。ずっと『ジェイさん』だと思って接していた人が、大公閣下だなんて。

――ジェイさんは、私のことをなんだと思ってたの……。

友達としてこの屋敷に招いてくれたのだろうか。

最初から『ハーシェイマン大公だ』と名乗ってくれればよかったのに。

彼が大公閣下だと知っていたら、二人で出かけたり、贈り物を受け取ったり、粗末なハンカチをあげたりなんて絶対にしなかったのに。

唇を噛んだとき、扉が開いた。銀のトレイに緑色の硝子《ガラス》の水差しとコップを載せたジェイがやってくる。

その服装は先ほどと同じ、すべて黒い絹でできた見事な刺繍が施された正装だった。

「目が覚めましたか」

起き上がっているエリィに気づいたのか、ジェイが早足で近寄ってきた。

エリィは毛布をまくってベッドの上に正座し、深々と頭を下げた。

――大公閣下なら、私なんてお許しがあるまで顔を上げられないお方じゃない。

再び拭ったはずの涙がにじんでくる。

今日は楽しい日になるはずだったのに、どうして……。

そこまで考えたら、さらに涙が溢れてきた。

「どうしたんですか」

ジェイが……いや、アンジェロ・ハーシェイマン大公閣下が、驚いたようにエリィの肩に手をかける。

大公の許しがなければ、男爵家の娘は動けないし喋れないのだ。

振り払うことも声を出すこともできず、エリィはひたすら頭を下げ続けた。

「気分は少しよくなりましたか？」

大公閣下が、歯を食いしばったエリィの身体をそっと抱き起こしてくれた。エリィは泣き顔を見られまいとうつむいた。

――今、閣下から質問されたから、返事していいのかな？

エリィは腿《もも》の上でぎゅっと拳を握りしめ、震える声で答える。

「はい、先ほどは大変失礼いたしました」

自分でも驚くくらい冷たく他人行儀な声が出る。

エリィが泣いていることに気づいたのか、大公閣下が絹のハンカチを差し出してくれた。

慈悲深いお方なのだろう。

だが、借りられるわけがない。エリィは無言で首を横に振り、自分のドレスのポケットからハンカチを取り出した。

「お見苦しいところをお見せして、申し訳ありません」

ぐらぐらする頭を支えながら、エリィは汚れた目元を拭う。

涙が止まらない理由は、どんなに誤魔化してもわかる。

身分を明かされたと同時に、失恋したからだ。ここに呼ばれた理由もわからないし、とても惨めで胸が苦しい。

——とにかく家に帰って思う存分泣こう……大公様の御前なんて怖すぎる。

「もう少し横になりますか？」

ジェイと同じ口調で尋ねられて、エリィは首を横に振った。

「いいえ、もう帰ります」

「まだ動かないほうがよさそうです。水ではなくて、お茶を持ってきましょうか？」

なぜいつもと態度が変わらないのだろう。混乱していたエリィはもう一度顔を拭き直すと、そっと大公閣下の様子をうかがった。

——この人は私に何がしたかったの？

「身体に優しいものを持ってこさせますね」

——お茶なんていらない。飲めないわ。

黙りこくるエリィの前で、大公閣下が軽く呼び鈴を鳴らした。即座に扉がノックされ、エリィを迎えに来てくれた侍従長サヴィーが姿を現した。

「緑の缶の三番を二人分」

「かしこまりました」

大公閣下の指示に頷き、サヴィーが一度扉の陰に引っ込む。彼が誰かに何かを指示する声が聞こえた。おそらく侍女が控えていたのだろう。

一体この巨大な家には何人の使用人がいるのだろうか。

「エリィ様、お加減はいかがでしょうか」

サヴィーが心配そうにエリィに近寄ってきた。

「急に倒れたから心配だ、医者は貧血と言っていたが」

大公閣下の言葉に、サヴィーが頷く。

「もう少し横になられては……無理に起きないほうがよろしゅうございます」

エリィは首を横に振り、サヴィーに訴えた。大公閣下と喋る度胸がないからだ。

「私は大丈夫なので、もう帰りたいです」

気づくと固く拳を握っていた。

こんな大貴族様と一緒に過ごすなんて無理だ。

何を騙《だま》されていたのか、からかわれていたのか、それともただ友達として呼ばれたのかわからないが、どれも耐えがたいので、もう帰りたい。

帰って思う存分泣いて、頑張って立ち直って、いつもの自分に戻りたかった。

「お願いします、侍従長様……帰らせてください」

「ですが、エリィ様」

「帰りたいんです」

再び涙が噴き出してきたので、エリィは慌てて自分のハンカチで目元を押さえた。

泣きながら『帰りたい』としか言わないエリィに二人は当惑したのだろうか。長い沈黙が流れた。

「……かしこまりました。それでは私が正面玄関までお送りいたします」

サヴィーが穏やかな声で言う。

エリィは頷いて、大公閣下を振り返らずに寝台から降り、靴を履いた。

もう二度と彼の顔を見たくない。一日も早く忘れたい。

『ジェイさん』なんてこの世界に存在しなかったのだから。

「では、こちらへ」

エリィは頷き、そのまま無言で彼について歩き出した。大公閣下の視線を感じたが、心を鬼にして振り払う。

今更気づいたが、なぜ宵闇騎士団の全員で自分を騙していたのだろう。

——ジェイさんなんていないのに……どうして……？

心が痛くてもう駄目だ。一人になって落ち着きたい。

「別の部屋で、閣下にお会いせずにお休みになっていかれますか？」

涙を流しているエリィを気遣ってか、サヴィーがそう尋ねてくれた。

エリィは首を横に振る。

「大丈夫です、帰りの馬車も結構です。歩いて帰りたいです……」

時間はかかるだろうが、頭が冷えるまで歩き続けたい。

今の自分は、取り乱していて駄目だ。

「さようでございますか……かなりの距離でございますが、大丈夫ですか」

「はい、歩けます」

「アンジェロ様もここから毎朝、走ってご通勤なさっているのですよ」

――なにをおっしゃっているの、冗談かしら？

ここから宵闇騎士団の本部まで大公閣下が走るなんて、意味がわからない。何も答えないエリィに、サヴィーがのんびりした口調で言う。

「お帰りついでに、最後にこのお屋敷の中を見学していかれませんか？　わたくしが申し上げるのもなんですが、珍しいものがたくさんございますので」

嫌です、と突っぱねようとして、エリィは唇を嚙んだ。

――サヴィーさんはずっと気を遣ってくださってる。八つ当たりしちゃいけない。

答えないエリィに、サヴィーがちょっとおどけた口調で言う。

「若いお嬢様にお屋敷をご案内できるので、わたくしめは浮かれているのでございます。ご負担にならない程度にお付き合いくださいませ」

エリィは涙を拭き終えたハンカチをポケットに戻し、無言で頷いた。

――すごく素敵なおじさまだわ。私を慰めてくださるのが伝わってくる。

二人で黙ったまま長い長い廊下を歩く。

――なんて広さだろう……しかも、どこもかしこも絹の絨毯が敷き詰められていて。

エリィは廊下を覆う緑の絹の道を見つめ、内心で感嘆した。

「絨毯は季節ごとに総取り替えでございます。毎年アンジェロ様がお選びになった生地と柄で新しくしつらえて、古いものは教会や孤児院などに寄付しております」

エリィの視線に気づいたのか、サヴィーが笑顔で教えてくれた。途方もない財力だ。エリィは乾いた唇を開き、サヴィーに言った。

「私には想像もできないお暮らしですね」

「絨毯職人たちの生活がかかっておりますからね。このように、模様が光の加減で変わる特別な絨毯は、織れる者が限られておりますし。寄付先の施設も、絨毯を売って運営費用に換えることができるのです」

——そうか、こんな手の込んだ贅沢品《ぜいたくひん》は、上級貴族が買わないと駄目なんだ、作る人の収入がなくなっちゃうもん……作らなかったら、技術も消えてしまうし。

サヴィーの言わんとすることを理解し、エリィは頷いた。

「お気に召されましたか」

「とても綺麗です」

エリィは唇の端をつり上げた。

サヴィーの言うとおり、めったに見られない珍しいものが見られた。こんな織物を踏める日はもう二度と来ないだろう。

——それにしてもなんて長い廊下……。

玄関に向かっているのかさえわからない。

「今日は、アンジェロ様とどんなお約束をなさっていたのですか？」

さりげなくサヴィーに聞かれ、エリィは無言で首を横に振った。

「別に……何も……」

「さようでございますか。アンジェロ様はめったにお客様をお呼びにならないのです」

その言葉にどんな意味があるのだろう。

「宵闇騎士団の者たちは、アンジェロ様によくお仕えしているのでしょうか？」

「え……ええ……」

「私はかつて、宵闇騎士団の一員でございました。不肖の末息子も、宵闇騎士団の騎士として、アンジェロ様に忠誠を誓っております」

エリィは少し驚いて問い返した。

「息子さんはどちらにいらっしゃるんでしょう？」

「特殊行動班で働いているはずなのですが、親の言うことを聞かない男で、普段はどこで何をしているやら。エリィ様とは顔を合わせているかもしれませんね」

エリィはサヴィーの横顔を見上げた。

きっちり整えた白髪交じりの髪に赤みがかった綺麗な目。

若い頃はさぞ男前だっただろう。

――この顔、それに目の色……あっ……！

しばらく考えて、エリィはおそるおそる尋ねた。

「もしかして、アレスさんのお父様ですか？」

「おお、うちの末っ子をご存じとは。あれは真面目に働いておりますか？」

サヴィーが嬉しそうに笑った。

——お、親子なの？　女性への態度が違いすぎる……！

数秒間言葉を失ったあと、エリィは頷いた。

「はい、真面目に働いていらっしゃいます」

態度はふざけているが、背後から襲ってきた刺客をあっという間に捕らえたアレスの動きはただ者ではなかった。

「それはよかった。アレスはアンジェロ様の乳兄弟なのですが、手がかかる子で。小さな頃からアンジェロ様にいたずらばかり仕掛けていたのですよ」

サヴィーの言葉に、エリィは思わず笑ってしまった。

なんとなく想像できる光景だったからだ。

「それにどんなに叱っても口の悪さが直らなくて。今もそうでございましょう？　お恥ずかしい。ですがアンジェロ様は、無礼な息子のことをいつも快く許してくださいました」

「アンジェロ様は、お優しい方ですからね」

心の中に『ジェイさん』から受けた親切がいくつもよぎった。少し頭が冷えてくると、これまでの彼の優しい態度が全部嘘だとは思えなくなってくる。

——黙って帰ってきてしまって、悪かったかな……でも、本当にもう話せることなんてないし……。

心が痛い。うつむいたエリィには気づかぬ様子でサヴィーが頷いた。

「ええ、それはもう。お優しすぎてわたくしめは心配が尽きません。もちろん公式の場では、ハーシェイマン大公家の主としてしっかり振る舞っておいでなのですけれども……ああ、ようやく着きました。こちらの絵も、よろしければご覧になりませんか」

──絵？

エリィは顔を上げて、壁にかけられた絵を見た。

アンジェロにそっくりな短髪の男性が描かれている。だがその表情はひどく険しく、神経質そうだった。肖像画として描かれていてもそのことが伝わってくる。

「先代の大公様の肖像画でございます。八年ほど前に亡くなられましたが」

「大公閣下によく似ていらっしゃいますね。とても綺麗な肖像画です」

伝わってくる『何か』は別人のようだと思いつつ、エリィはそつなく絵を褒めた。

「似ておられますか？」

サヴィーが不思議そうに尋ねてくる。エリィは驚いて彼を振り返った。

「え、ええ、お顔がとてもよく似ておられます」

まさか大公閣下の父君を『なんとなく怖い人に見える』なんて言えない。

「皆さんそうおっしゃいますが、わたくしの目には、まったくそう見えないのでございますよ」

──どういう意味？　やっぱりサヴィーさんにも、先代様が怖く見えるの？

エリィは、同じ肖像画を見上げるサヴィーの横顔を見守った。

「それでは最後に、特別な場所にご案内いたします。普段はお客様をお通ししない場所なのですが、せっかくの記念ですから、全部ご覧になってください」

サヴィーが冗談めかした仕草で人差し指を立てた。

「この絨毯よりすごいものですか？」

やや気持ちのほぐれたエリィは笑顔で尋ねる。

「はい、もちろん」

サヴィーは優しく頷いてくれた。

廊下を曲がり、美しい庭が見える硝子張りの廊下を歩く。

広すぎてどこを歩いているのかさっぱりだが、どちらかというと、屋敷の裏手に近い場所なのではないだろうか。

廊下が少し細いし、すれ違う使用人たちの数もまばらになってきている。

「この先のお部屋でございます。ああ、君、ご令嬢と個室で二人きりになるわけにはいかないから、一緒に来てくれたまえ」

サヴィーが通りすがりの若い侍女に声をかける。侍女は深々と頭を下げて『かしこまりました』と言ってついてきた。

足を止めたのは、扉の一つの前だった。他の扉と変わらない。特別な人が使う部屋ではなさそうだ。

「何があるんですか」

「……こちらは、先代様が何年もかけてお作りになった部屋です。奥の間まではご案内できませんが、控えの間だけでもご覧くださいませ」

エリィは頷いて、扉に手をかける。

鍵はかかっていなかった。控えの間には使用人も入るからだろう。

「失礼します」

小声で挨拶しながら扉を細く開けた。

サヴィーが背後から手をかけ、扉を大きく開かせる。薄暗い部屋を、庭からの光が明るく照らした。

「な……」

目の前の惨状にエリィは後ずさる。

部屋の中はめちゃくちゃだった。壁紙は破れ、何かで斬りつけたような痕《あと》だらけだ。

何もかもが壊れている。

斜めにかしいだソファー、半分砕かれた大理石の小卓、クッション類はひどく破られ、中身が飛び出していた。置き時計は割られて時を止めている。

壁にかけられた鏡も壊れていた。破片こそ散っていないものの、割れて破片がいくつか枠に残っているだけだ。

「な、なにか、事件があったお部屋なのですか……？」

血の気が引くのを感じながらエリィは尋ねた。

「綺麗なのは天井だけでございましょう？」

サヴィーの言うとおりだ。人の手が届く範囲はすべてめちゃくちゃにされている。

——大きな獣が暴れたあとみたい。あたりかまわず爪で引っかいて、叩いて。

一歩後ずさったとき、サヴィーが穏やかな声で説明してくれた。

「こちらはアンジェロ様が幼い頃から使われ、今もお休みになるお部屋でございます」

わけがわからずエリィはサヴィーを振り返った。

サヴィーも侍女も、この壊れた部屋を見慣れているのか、平気な顔をしている。

「奥はお見せできませんが、もっとひどい有様でございますよ」

微笑んでサヴィーが言った。エリィは無言で扉から離れる。

——なに……なんなの……この部屋は……。

扉が閉まる音がした。

「ありがとう、君は持ち場に戻りなさい」

サヴィーの言葉に、侍女が頭を下げて去っていく。

エリィは信じられない思いで、閉まった扉を見つめた。

「これが、先代の大公様が、何年もかけて作った部屋なのですか？」

「先代様が、アンジェロ様の躾《しつけ》をなさった痕です。アンジェロ様のご命令で、すべてを残しております」

ますます血の気が引いていく。寒気がしてエリィは己の身体を抱きしめた。

──躾……？　刃物とか槌《つち》がないと、部屋の中はあんなふうにならないよね？　だ、駄目だ、うまく言えない……なんなの、この部屋……。

「アンジェロ様が、未だにこの部屋でお過ごしになられていることを、お嬢様はどう思われますか？」

「よ、よくないと思いますけれど……」

サヴィーと目を合わせずに、エリィはそれだけを口にした。

「おかしなことだと思われませんか？　ハーシェイマン大公家のご当主様がここを主寝室としてご利用になっているなんて」

「あ……あの……」

もちろんおかしいと思う。けれど他人のエリィが口出ししていいことではない。心がひどく痛んだが、エリィはサヴィーから目をそらしたまま言った。

「申し訳ありません、もう帰らせてください」

「かしこまりました。わたくしのほうこそ失礼をいたしました」

エリィがどんなにひどい態度を取っても、サヴィーは優しく丁寧なままだ。そのことが余計に胸を痛くさせた。

──大公閣下とちゃんと話したほうがよかったのかな……。

今更ながらに後悔がよぎった。

エリィの知る『彼』が、エリィを騙すとか、からかう目的でこの家に呼んだとは思えない。

でもその話をする機会はなくなってしまった。

――私がカッとなって飛び出してきちゃったから。挨拶すらしないで。

そう思うと自分の行いが冷酷に思えて、ますます悲しくなってくる。

無理矢理『私を騙して何が楽しかったのか』と大公閣下に摑みかかる自分を想像してみた。

だが、想像の中ですら『彼』は怒ったりしない。

――ジェイさんが、そんなことで怒るわけないじゃない。ちゃんと説明してくれるに決まってる……。

ただの同僚同士だけれど、三ヶ月もお世話になったのだからわかる。

――私が一方的に怒って、失礼な態度を取ってしまっただけ……話も聞かずに。

唇を噛んだとき、不意にサヴィーが楽しそうに言った。

「それにしても、アンジェロ様を無視して、堂々とお部屋を出ていかれるとは。アンジェロ様は皇族ですら一目置かれるお方でございます。貴族たちはお許しの合図がなければ辞去の言葉すら口にいたしませんのに」

「あ……」

指摘どおりだ。エリィは傷つき、怒りすぎていて、大公閣下に別れの言葉すら告げずに憤然と部屋をあとにしてしまったのだ。

――私、なんてことを。どうしよう。

青ざめるエリィにサヴィーが言う。

「ですが、わたくしはあのご様子を拝見して、正直嬉しゅうございました」

「な……何が嬉しいのですか？」

「アンジェロ様は引っ込み思案なご気性なので、今日のようにエリィ様が振り回してくださるほうがよろしゅうございますから。さて、エリィ様からお叱りを受け、驚いて放心しておられたでしょうが、そろそろアンジェロ様も復活なさるはずです」

なぜサヴィーは笑っているのだろう。エリィは怖くて足がすくんでいるのに。

「この辺をうろうろしておれば、じきにお姿が……」

そのとき、目の前をキラキラ輝く男が横切るのが一瞬見えた。

──大公閣下？

「アンジェロ様！　エリィ様はこちらでございます」

サヴィーが声を上げた。よく通る声だ。姿を消した大公閣下が勢いよく戻ってきて、こちらに向かって駆け寄ってくる。

「エリィさん！」

あっという間にやってきた大公閣下が、エリィの前で膝をついた。

「驚かせてしまって申し訳なかった。貴女を正しくお迎えしようと張り切りすぎたのです。僕が間違っていました」

大公閣下は、跪《ひざまず》いたままエリィの前で深々と頭を垂れた。

あんなに走っていたのに息一つ乱れていない。

「アンジェロ様をお許しになるのであれば、お手を」

サヴィーに小声で耳打ちされ、エリィは慌てて手を差し出す。

大公閣下は顔を上げ、淡く微笑んでエリィの手を取った。

指に軽く接吻《せっぷん》され、エリィの心臓が早鐘を打ち始めた。

青く透きとおる目がひたむきにエリィを見上げている。

――そ、そんな目で見るの、ずるいです……。

みるみるうちに顔が熱くなってくる。

「わ……私は、一般の方と知り合ったつもりだったんです……」

震え声でそれだけ言うと、大公閣下は頷いた。

「わかっています。もしよければ、僕の話を聞いてくださいませんか」

エリィは戸惑いながらも頷いた。

大公閣下が立ち上がり、エリィの手を取ったまま微笑む。

サヴィーは一礼して、大公閣下の後ろに下がった。

「まだお帰りになっていなくてよかった」

エリィは無言で頷き、取られた手を見つめた。

大公閣下の衣装は本当に豪華だ。袖口にびっしり白金の糸で刺繍がなされ、折り返し部分は大きな透明な石で留められている。もしもこの石がダイヤモンドだとしたら、庶民の家が一軒買えてしまうだろう。いや、もっと高価な品かもしれない。

エリィはため息を呑み込んだ。

――あんな地味な格好をなさっていたら、絶対に大公閣下だなんて気づかないわ。

だが、『ジェイさん』も、間違いなく大公閣下の一面なのだ。

莫大な財産に恵まれ、使用人たちに囲まれて優雅に生きていればいいはずのお方なのに、なぜ自ら職場の廊下のゴミ掃除なんてしていたのだろう。

それを思い出した瞬間、エリィはつい小さく吹き出してしまった。ほんのわずかな表情の変化だったはずなのに、大公閣下が嬉しそうにエリィのほうを向いた。

「どうしました？」

「……話してもよろしいですか？」

「貴女には、僕の前で好きに振る舞う権利があります」

言い終えた大公閣下がかすかに白い頬を染める。

「どうしてですか？」

「僕と対等な女性としてお招きしたからです。エリィさんはこの屋敷の中では、誰の機嫌もうかがわなくていいんです」

――対等……？　そうなんだ。同僚だからかな？

エリィは頷き、もう一度笑顔を浮かべ、小さな声で言った。

「大公閣下自ら、職場の廊下のお掃除までなさるんですね」

話しかけた瞬間、大公閣下がぱっと顔を輝かせた。

「ええ、あまりに散らかりすぎなので……。任務中は痕跡一つ残さないのに、なぜあそこはどんなに言っても片付けないんでしょうね」

嬉しそうににこにこしている。エリィと喋れて嬉しいと言わんばかりの笑みだ。

こんな顔をされたら、彼の気持ちがまっすぐ伝わってきてしまう。

自分と同じ気持ちなのかもしれない。

そう思ったら胸がぎゅっと苦しくなった。

再び無言になったエリィの顔を、大公閣下が心配そうに見つめる。

「何か心配なことでも？」

慌てて首を横に振ると、大公閣下は安心したように微笑んだ。

「この部屋にどうぞ」

見事な飾りのついた扉の前で大公閣下が止まった。扉の上には彫刻が施されている。扉の取っ手は金色で、ここにも手の込んだ彫刻が施されていた。

大公閣下に手を取られて入ったのは、淡いバラ色と白、金で統一された、輝くように可愛らしい部屋だった。

他の部屋は緑系なのに、ここだけ愛らしいインテリアなのはなぜだろう。

フリルの透きとおるカーテンに、さらに重ねられたつややかな濃い桃色のカーテン。絨毯にはよく見ればバラが織り込まれている。

クッションもソファの生地も、全部バラの柄だった。

それに手に触れる布類は全部絹だ。どれだけお金がかかっているのだろうか。

「昨日急いで用意しました。お気に召しましたか？」

照れたように大公閣下が言う。その美しい顔には『褒めて』とはっきり表れていた。

「恐れながら、な、何を用意してくださったのでしょうか？」

「この前一緒に行ったカフェをお気に入りのご様子だったので、可愛らしいお部屋がお好きなのかと思って、家具を全部取り替えました」

――わ、わ、私のために、一晩で模様替えしたの……っ？

引っくり返りそうになったが、ぎりぎりでこらえた。

室内は、どこもかしこも乙女の夢を詰め込んだような可愛らしさである。

かといって派手すぎでも下品でもない。大富豪がお金に糸目をつけずに作ったお洒落な桃色の部屋としか思えない。

「す、好きです。ありがとうございます。一晩で模様替えなんて大変でしたね」

ぐらぐらする頭を押さえながら、エリィはなんとかお礼を言った。

「そうですね、皆には夜更けまで忙しい思いをさせてしまいました。ですが貴女のお気に召す家具を調えられてよかった」

大公閣下は心底満足しているご様子だ。

何か言おうとしたが、言葉が思いつかない。絶句というのは、まさにこういうときに使う言葉なのだろう。

「酒漬けの桜桃のケーキも焼いておいたので、一緒に食べましょう」

大公閣下は心から嬉しそうだ。エリィを上座の長椅子に座らせ、自分は向かいの一人掛けの椅子に腰を下ろす。

——ご……ご機嫌でいらっしゃる……私はさっき、とても失礼なかたちで席を立ったのに、許してくださったんだ。

「それで閣下、お話というのはなんでしょう」

「はい……ちょっと先走ったかもしれないと反省しているのですが……」

——先走ったって何？　大公閣下のお考えがまったく読めない。どうしよう。

エリィは背筋を伸ばしたまま曖昧に笑う。

「少々お待ちくださいね」

大公閣下は、桃色のリボンが結ばれた金の呼び鈴を鳴らした。

すぐに扉が叩かれ、大公閣下が許可すると同時に、数人の侍女が現れた。一人は白金色のワゴンを押している。

ワゴンに乗っているのは焼き菓子とお茶のセットだ。

さらに侍女の一人はお盆に紙とペンを載せている。

目の前に、淡い赤と金でバラが描かれたティーセットが置かれた。謎の書類は大公閣下の斜め前に置かれる。

——綺麗だな。芸術品の良《よ》し悪《あ》しはわからないけれど、真っ白な陶器に絵が描かれているのってすごく素敵。それにジェイさんの……ううん、大公閣下のお菓子は相変わらずとてもいい匂いがする。

エリィは黄金色に焼き上がったケーキを見つめた。

「毎日のように大公閣下の手作りの品をいただいていたなんて、恐れ多いです」

「いいえ、気になさらないでください。僕の趣味なんです。八年前から、暇さえあればお菓子作りに夢中で。どうぞ、召し上がってください」

エリィは頷いて、お茶を一口飲んだ。

この前一緒に行ったカフェで飲んだお茶と似た味がする。なんだろうと考えて、ラヴェンダーの香りだと気づいた。

「このティーセット、いかがですか」

「とても可愛いです」

——あと、万が一にも割らないか心配です。純金とおぼしきキラキラしたものが、惜しみなくあしらわれているので。

エリィは心の中で付け足す。さっきから変な汗が止まらない。

「昨夜倉庫を引っくり返して探したんです。昔、僕の母が作らせたものですよ」

そう言うと大公閣下は優雅な仕草でティーカップを傾けた。

流れるような挙措につい見入ってしまう。生まれながらに最上の教育を受けてきた人間にしか、こんなに美しい仕草はできないだろう。

「お菓子もどうぞ」

優しい笑顔で言われて、エリィは頷きかけて、動きを止めた。

――お菓子の前に、さっき侍女の方が持っていらした書類一式が気になるんだけど。

大公閣下の斜め前に置かれた書類は、仕事では目にしたことのない形式だ。あれはなんなのだろう。

――だめ、やっぱり今日、なんのために呼ばれたのかが気になるわ。

エリィはティーカップをソーサーに戻すと、勇気を出して大公閣下に尋ねた。

「大公閣下、今日はなぜお屋敷にお招きくださったのですか」

「あ……それは……」

大公閣下がみるみるうちに真っ赤になる。普段の彼らしくもなく慌てた仕草でカップを置くと、咳払《せきばら》いをした。

「本名でお話ししたいことがあったので。それから大公閣下ではなく、僕のことはアンジェロと呼んでください」

エリィは緊張しながらも頷いた。

「あの……そもそも、なぜ宵闇騎士団内では偽名を名乗っておられたのですか？　ジェイさんというお名前はなんだったのでしょうか？」

一番不思議だったのはこのことなのだ。

大公閣下、否、アンジェロはエリィの視線を受け止め、赤い顔で視線を彷徨《さまよ》わせると、困り顔で目を伏せてしまった。

——あ、可愛……いや、大公閣下に対してそんなことを思っては駄目だ。

エリィは気を緩めずに、真剣な顔でアンジェロを見据える。

「ええと……それは……新人さんに嫌われないためですね」

予想の斜め上を行くアンジェロの答えにエリィは固まった。

——何をおっしゃっているの？

「実は『アンジェロ・ハーシェイマン』として出会った士官学校の学生たち全員から避けられてしまったことがあるのです」

——避けられる？　アンジェロ様が？

真顔で首をかしげたエリィに、アンジェロが悲しそうに言う。

「目すら合わせてくれないし、話しかけても、僕を見ずに固まってしまって」

状況を想像して、エリィは反射的に『それは違う』と叫びそうになった。

こんな絶世の美青年が『大公閣下』として現れたら、女子はもちろん、男子だってガチガチになるに決まっている。緊張してまともに喋れるはずがない。

「無理もないです」

「そうなんですか」

しょんぼりしたアンジェロに、エリィは慌てて説明した。

「それは、アンジェロ様がお綺麗すぎるからです。いざ会ったら、みんな固まってしまって何も言えないと思います。あの、前にも申し上げましたが、鏡をご覧になってそう思われませんか？」

「鏡は……一応見ますが、別に普通……です」

何をごにょごにょ言っているのだろう。アンジェロは美形だ。それ以外にない。

「アンジェロ様には、ご自身が大変お美しいご自覚はおありではないのですか？」

エリィの追及にアンジェロがますます赤くなる。

「え……あ……え……？」

アンジェロは困り果てたように片手で目のあたりを隠してしまった。

――可愛いな……。

真顔のまま、エリィは思った。

やはりどんなに『大公閣下との身分差をわきまえなくては』と自分に言い聞かせたところで、彼が可愛いのは事実なのだ。

「あ、ありがとうございます……。他の人にそう言われても、困るか腹が立つかのどちらかなのですが、エリィさんに褒められるのはとても嬉しいです」

素直に喜ばれて、エリィの顔まで熱くなってきた。

「当たり前のことですから、喜ばないでください」

「僕は、実は、このところ貴女のことばかり考えていました」

「えっ？」

エリィの声が裏返った。たった今までエリィがアンジェロを追及していたはずなのに、二人の間で攻守が逆転したのがわかった。

身体中が異様に火照り始める。

「僕のこの気持ちは恋だと思います」

率直に言われ、エリィは膝の上で手を握りしめた。

——ですから、その綺麗な顔でそんなに素直なのは、反則なんです……！

「しかし僕は立場上、軽々しく恋の告白などできません」

アンジェロは真剣そのものだった。元が整いすぎた顔だけあって、怖い。

——こ、こんな怖い顔で告白されると思ってなかった……。

「僕の父は、母と別離したあと、何人もの美しい令嬢を屋敷に呼んでは、弄《もてあそ》んですぐに追い出していました。皆、大公妃になれるのだと期待して、父を信じてやってきたのでしょうに。子供心にも、父の行いは許されないことだと思っていました。僕は決して父と同じ真似はしないと誓っています」

アンジェロの青い美しい目に、得体の知れない光がともった。

「ですので、求婚をさせてください。そして、正式な婚約者となっていただけるのであれば、僕と交際してください」

「なる……ほど……？」

今の話に何かおかしな点があっただろうか。

エリィは真っ白になった頭で必死に考えた。

駄目だ。わからない。彼が何を言っているのかまったくわからない。

「付き合う前に、婚約しないと駄目なんですか？」

「ええ、それが僕がエリィさんに捧げられる誠意です」

「一般人とは順序が逆なのですが」

「そうかもしれませんが、このほうが誠実だと思います」

——アンジェロ様が考える誠意とは……。

頭がずきずきしてきた。

「エリィさんは、僕のことを気に入ればいつでも大公妃になれます。嫌なら婚約を解消して僕から去ることも可能です。そのような契約を結ぼうと思っています」

言葉が出てこなかった。本当に、何も出てこない。

——た、確かに私には都合のいい契約に思えるけれど、アンジェロ様はそれで何か得をなさるのかしら？

「今日このように大袈裟《おおげさ》にお招きしたのも、エリィさんを正式な大公妃候補として使用人たちにお披露目するためなのです」

——どうしよう、このおかしな説明がだんだん正しく聞こえてきたのだけど。

「貴女はこの屋敷において決して軽く扱われることのない、僕の唯一の女性だと示したかったからです」

頭の中が真っ白なまま、エリィはお茶をもう一口飲んだ。

「そこまでしていただくほど、私たちは仲がよかったでしょうか？」

わざと冷たく尋ねると、アンジェロは優しく微笑んだ。

「僕のほうが、圧倒的に貴女を好きなだけですね。本当に、僕は貴女が笑ってくださるだけで毎日幸せなんです。僕に恋という気持ちを教えてくださってありがとう」

心臓に桃色の矢が突き立った。

──こ……恋……！

身体がアンジェロの言葉で塗りつぶされていく。

湧き上がってくるのは甘い喜びと『私でいいのか、本当に？』という疑問だった。

「……あっ、いえ……」

気の利いた返しが何一つ浮かばなかった。

手が震え出し、落とす前に慌ててカップを置く。

だんだん状況がわかってきた。

──私、とんでもないお方に好かれて、窮地に陥っているのでは……？

「それでこのような書類を作ってみました」

アンジェロがいそいそと取り出した書類には、大公家の家紋が箔押しされていた。

──ハ、ハーシェイマン家の正式文書。初めて見たわ。

威圧感を覚え、エリィは身体をこわばらせた。

「これは血盟状です」

なにげなくアンジェロが口にした『血盟状』という言葉に、エリィは今度こそ腰を抜かしそうになった。帝国の法律で『最も強い効力を持つ』とされる契約文書ではないか。

血盟状に記された契約内容は、どんなことがあっても違《たが》えてはならない。

たとえ皇帝であっても、自ら結んだ血盟状の破棄はできない。もしも契約内容を違えた場合は、血盟状に記した罰則規定に従わねばならないのだ。

エリィは恐ろしさにすくみ上がりながらも、アンジェロが差し出す血盟状を覗き込んだ。

「公証人を呼び、朝一番に書類を整えてもらいました。僕の記名も済んでいます。あとは貴女に内容を確認していただき、納得いただければ署名してもらうことになります」

——アンジェロ様は血盟状に何を書かれたの？　確かめるのが怖い。

エリィは息を止めて、血盟状に記された内容を確認した。

そこには、要約するとこう書かれていた。

『エリィと婚約し、彼女とその両親が認めた場合、大公家で行儀見習い期間を設ける。その後は正式にエリィをハーシェイマン大公妃として迎え、アンジェロは彼女の幸福な暮らしのために誠心誠意努める。

エリィが婚約後、または結婚後、関係の中止を望む場合は速やかに認め、アンジェロは慰謝料を支払うこと。

アンジェロ自身から婚約、婚姻の解消を申し出ることは一切しない。またアンジェロが愛人の類いを持つことは理由を問わず認められない。

これらの誓いを破った場合は、アンジェロは大公位を退く。エリィはなんの責めも負わない』

何度読み直してもアンジェロに有利なことが書かれていない。

こんなにアンジェロだけが損する血盟状を作って大丈夫なのだろうか。

「あ、あの、この誓いを破ったときの罰則なんですけど」

「僕が受ける罰が甘すぎるでしょうか？」

「いえ、厳しすぎるので、百日間、毎日腕立て伏せを百回する、くらいにしませんか」

声が震えてしまう。

アンジェロがこんな恐ろしい契約書を作って、笑顔で待っていたなんて。エリィには『素敵な先輩と手をつないで街を歩きたい』程度の望みしかなかったのに。

「腕立て伏せは、一日おきにそのくらいしています。罰にはなりません」

なぜか照れたようにアンジェロが言う。

違和感を覚えたエリィはすぐにピンときた。

――もしかして腕立て伏せを頑張っていることを、褒めてほしいのかな……？

わかってしまう自分が嫌だ。そう思いながら、エリィは言った。

「すごいですね、一日おきに百回も」

「ありがとうございます！　毎日すると筋肉が逆に痩せるので一日おき、もしくは体調を見て二日おきに鍛えるのがよいのです。ですので僕は運動計画を立てていて……すみません、浮かれると余計な話ばかりしてしまいますね……」

アンジェロは照れながらもとても嬉しそうだ。エリィに褒められたくらいで、そんな前のめりに喜ばなくてもいいのに。

思ってはいけないとわかっていても、やはり思ってしまう。

――やっぱり、この人、可愛いな……。

「ではこの内容には異論がないということで」

アンジェロがさりげなくペンを差し出してくる。それを受け取らず、エリィは首を横に振った。

「エリィさんはいつでも破棄できるので、気軽に署名してください」

「あ、あの、お待ちください。私の身分では大公閣下と結婚はできな……」

「できます。安心してください。直系皇族と違い、ハーシェイマン大公家は、妃の身分を細かく定められておりません」

――そうなんだ、上流階級の決め事なんて、私はまったく知らないわ。

「そもそもハーシェイマン大公家は、必ず世襲が認められるわけではないのです。他の貴族に比べて、突出して位が高いですからね。そのため、当主の息子が能力不足の場合は、皇太子以外の皇子が大公位に就くと決められています」

「つまり奥様がどんな身分であっても、次期大公になれるかはその子供の能力次第、ということなんですね」

「はい。母方の血筋は問われません」

頷いて、アンジェロは続けた。

「後継者は、皇帝陛下ご夫妻と四大公爵家、それから貴族議会の審査を経て、大公位継承審査を受けます。僕は八年前に半年ほど審査を受けました。僕が不合格だった場合は、今の第二皇子殿下がこの家の当主になっておられたことでしょう」

アンジェロがにっこり笑う。

「実際に、先々代の後継者は審査を受けずに当主の座を辞退して、今は伯爵位をもらって地方で裕福に暮らしていらっしゃいます」

——なるほど、跡継ぎになれなくても、それなりの生活は保障されるのか。

「審査を辞退した先々代後継者の代わりに、先代皇帝の第二皇子だった父がこの家の当主になりました。つまり、皇帝陛下は僕の伯父《おじ》なんです」

——もしかして、前に言っていた『うるさい親戚のおじさん』って、皇帝陛下？

安心できる話を聞くはずが、余計血の気が引いてきた。

——そんな高貴なご身分なのに、本気で私と一緒になりたいなんて……。

エリィはうつむいた。

——重い……けど……ちょっと嬉しいな……。

アンジェロは本気でエリィを好きになって、なんとか気持ちを通わせる方法を考えてくれたのだ。

だから、自分もただ抗《あらが》ったり彼から離れようとするだけでなく、ちゃんと向き合わなくてはという気持ちが湧いてくる。

こんなに好きでいてくれる人を無下にできない。

「皇帝陛下がもし反対されても、僕は説得できます。そこはお約束いたします」

「でも……大公閣下の進退に関わる重要な書類に、気軽に署名はできません」

エリィの言葉に、アンジェロは引き下がらなかった。

「じゃあ、ご両親にこの血盟状を見せに行きませんか。僕が間違ったことを言っていたら、エリィさんのご両親が止めてくださるはずです」

——うちの両親に……？

少し考えて、エリィは頷いた。アンジェロの言うとおり、両親に相談してみよう。

継父は事業家だ。難しい契約書類を仕事でたくさん扱っている。それに母も同じく女手一つでマナーサロンを経営しているから、契約書はちゃんと読めるはずだ。

きっと何か……この血盟状のおかしなところに気づいてくれるに違いない。

第五章　大公妃見習い

「嫌です！　嫌！　私の娘を弄ばないで！」

クレイガー家の居間は静まり返っていた。

エリィと婚約したい、そうアンジェロが説明を始めた瞬間に、母が爆発したのだ。

まだアンジェロは名乗って、訪問の目的を語っただけだ。血盟状の説明もしていない。しかし母は『婚約』の言葉が出ただけで耐えられなかったようだ。

「急に驚かせてごめんね、お母さん……」

「大公閣下に帰っていただいて！」

アンジェロもエリィも継父も、サヴィーも護衛たちも、顔を覆って泣きじゃくるエリィの母を見つめるしかできない。

継父がおそるおそる母を抱き寄せたが、母はそれを突っぱねて声を張り上げた。

「閣下は大貴族でおいでですから、想像もできないでしょう！　ペーリー国王の元を逃げ出した小娘が、幼子を抱えてどんな思いをしたか……命がけで育てた娘なんです、おもちゃにするならよそを当たってくださいませ！」

母の声音には『高貴でなんでも許される人間』への憎しみがにじみ出ていた。

──私の父親、本当に最悪だったからな……十六歳のお母さんを監禁とか……。

エリィはソファから立ち上がり、母の傍らに立って、背中を抱きしめた。

「お母さん、アンジェロ様の説明だけ聞いて」

「もう部屋に行きなさい、エリィ。こんな危ない人たちと一緒にいては駄目！」

「大丈夫だから、閣下の説明だけ聞いて」

「嫌！　大事な娘を信用できない人に渡すわけにはいかないわ！」

そろそろ不敬罪が怖くなってきた。

すでに、護衛の数人は母を厳しい目で見ている。

──アンジェロ様に血盟状まで作らせてしまったから、お父さんとお母さんに内容を確認してもらって、いい落としどころを探したかったのに。

とにかく母に落ち着いてもらい、話ができる状態になってもらわねば。

「そんな方じゃないから大丈夫、悪い人じゃないの」

「どうして私の娘なの？　この国には身分の高い未婚のご令嬢がたくさんおいでじゃありませんか！　どうしてこの子なんですか、絶対に嫌です」

母がこんなに話を聞いてくれないことは今までになかった。過去にどれほど辛い思いをしたか改めて伝わってきて、悲しくなる。

「おもちゃになんてされないから大丈夫よ」

「貴女は素直だから騙されているの！」

アンジェロは黙って母を見ていた。母の無礼な態度を怒っている様子はまるでない。ひどく冷静な目をしていた。

——こんな修羅場にお連れしてしまったけれど、落ち着いてるのね。

母は立ち上がると、自分より背の高いエリィを抱きしめた。

「大公閣下、どうかこの子のことはお忘れください。どうか……」

泣いている母を抱きしめ返し、エリィはアンジェロに言った。

「父に書類を見せてください」

アンジェロの背後に立つサヴィーが頷き、呆然としている継父に血盟状を渡した。

「この様式は……」

封筒から血盟状を取り出すや、継父がさっと青ざめる。そして無言でしたためられた内容を何度も読み直し、青い顔のまま母を呼んだ。

「アリッサ、一緒にこれを見てくれ」

エリィに抱きしめられてすすり泣いていた母が首を横に振る。

「大公閣下の御前だ、頼むから落ち着いて一緒に書類を見てほしい」

継父が立ち上がって母の手を取った。母は諦めたように、泣きはらした顔で継父の傍らに腰を下ろした。

「我が子のことなのよ、冷静でいられないわ」

母がハンカチを顔に押し当てて涙を拭う。そして震えながら書類を覗き込んだ。

しばらく沈黙が流れる。

——本当にアンジェロ様にはなんの得もない契約だから、なんとか一緒に説得してもらえるといいな……。

エリィは真剣に血盟状を見ている両親を見守った。

母は氷のように冷たい顔を、継父は『本当にこの内容でいいのか』とばかりに困った顔をしている。

長い時間が経ったあと、母が低い声で尋ねてきた。

「エリィはハーシェイマン大公閣下が好きなの？」

「う……うん……」

エリィは小声で答えて頷く。たくさんの護衛やサヴィー、それに継父までいる場所で聞かれて、とてつもなく恥ずかしかった。思わず口元を両手で押さえてしまう。

「本当に好きなの？」

「す……好き……」

答えた瞬間、視界の端でアンジェロがにこっと笑うのが見えた。素直すぎる。今は自重してほしい。

「いつ、どこで会ったの？」

「職場に入ってすぐ……大公閣下は職場で普通にお仕事をされているから。新人の私に事務官の仕事を教えてくださったの。それで仲良くなったのよ」

どこまで何を話していいのか迷いつつ、エリィは答えた。

――し、新人に嫌われたくないから偽名を名乗って、職場のゴミ掃除までしてたなんて、大公閣下の名誉にかけて絶対言えない！

母は頷くと、次は鋭い視線でアンジェロを振り返った。

「恐れながら閣下、ご質問をお許しいただけますか」

エリィは驚きに息を呑んだ。マナーを知り尽くしている母が、大公閣下の許しもなく自分から話しかけるなんて。

それに、母のこんな怖い声は、一番長く一緒にいたエリィですら聞いたことがない。

――お、お母さんが変なことを言い出したら私が止めなくちゃ……。

「はい、なんなりと」

アンジェロは柔和な笑みを浮かべ、胸に手を当てて一礼した。

後ろのサヴィーも穏やかな笑顔のままだ。手負いの獣のような母を前にしても二人とも落ち着き払っていて、ちょっと普通ではない。

「閣下は、第六皇女様とのご結婚を勧められておいでですよね？」

――そうなの？

さすが、母はエリィよりはるかに噂に詳しいようだ。富裕層の奥様だけでなく、本物の貴婦人方にも伝手があるだけのことはある。

「ええ、断り続けていますが、『勧められている』といえば、そのとおりです」

「なぜ皇女様を振って、うちの娘を選ぼうとなさるのですか？」

「好きになってしまったからです。僕の時間とお金はすべてエリィさんに使いたい。そう思ったので結婚を考えました」

アンジェロがきっぱりと言う。

――ちょっと……待って……お母さんになんてことを言うの……。

赤面するエリィをよそに、母が鬼の形相で質問を重ねる。

「この子は生まれが特殊ですから、閣下の周りの人間に悪く言われると思いますが？」

「エリィさんを悪く言った人間には徹底的に抗議いたします。その様子を目にすれば、他の者は自然と口をつぐむでしょう」

「第六皇女様がこの子に嫌がらせなさったらどうなさるの？」

「すでに勝手に屋敷に来ないよう、僕の人間関係に口を出さないよう、皇帝陛下を通じてお願いをしています。それを無視して彼女が何かしてきたら絶対に許しません。第六皇女殿下だからと、なあなあでは終わらせませんので」

母はまっすぐにアンジェロを睨み据えたまま言った。

「ずいぶん気がお強くていらっしゃるのね。さすがはそのお若さで大公閣下であらせられるだけありますわ」

「奥様のようなお美しい方にお褒めにあずかり、恐縮です」

笑顔のアンジェロと真顔の母が数秒見つめ合った。沈黙を破ったのは母のほうだった。

「それで、礼儀を何一つ守れない私をどのように罰せられます？」

――お母さんが咎《とが》められたりしないよね……？

身がまえるエリィの前で、アンジェロが笑顔で首を横に振った。

「罰する？　とんでもない。エリィさんがお母様からこれほど愛されているとわかって、嬉しいばかりのひとときでした。僕のほうこそ突然驚かせてしまって申し訳ない」

アンジェロは本当に申し訳なさそうな表情だった。

「……恐ろしい方。本当にエリィを大事にしてくださるのですね？」

――えっ……？　恐ろしい？　アンジェロ様が？

きょとんとしたエリィの前で、アンジェロがはっきりと頷いた。

「はい。その約束を破ったら、遠慮なく僕をハーシェイマン大公の位から引きずり下ろしてください」

「娘が傷つけられたら、私は本当にこの血盟状を行使いたします」

母の言葉が終わると同時にアンジェロが立ち上がった。

「もちろん、そのためにお持ちいたしました」

――急に立ち上がってどうなさっ……。

椅子から離れたアンジェロが、床に座り込み、深々と頭を下げる。

「か、閣下！」

護衛たちが動こうとするのを、サヴィーが腕を伸ばして止めた。

アンジェロが頭を下げたまま両親に言った。

「僕の全力をもって幸せにします。どうかエリィさんとの婚約をお許しください」

言い終えたアンジェロが床に額を押しつける。

「何をなさいます、大公閣下……」

継父が慌てて立ち上がりかけたが、母が腕を摑んで全身で引き留めた。

「お約束、必ず守ってくださいますね？」

母の声も必死だった。アンジェロは額を床につけたまま低い声で答えた。

「はい、必ず守ります。血盟状は奥様がお預かりください」

「な……何してるの、お母さん、大公閣下にこんなことをさせないで……！」

エリィは机を回ってアンジェロに駆け寄り、額を床につけたままのアンジェロを抱え起こそうとした。

「アンジェロ様、どうかおやめください」

「いいえ、今はこうするべきなんです」

──どうして……こんな……。

エリィの身体が震えた。

帝国の大公閣下ともあろうお方が、下級貴族の一家に土下座するなんて、この階級社会では決してあってはならないことなのに。

「……かしこまりました。今日起きたことはすべて、私も夫も決して口外いたしません。も

しも今日の話が漏れた場合は、私を罰してくださってよろしゅうございます。エリィ、来なさい」

母に呼ばれ、エリィはアンジェロから離れて母の側に立った。

「閣下が作ってくださった血盟状に署名して」

「えっ？」

——署名する前に、この血盟状の条件を見直しするんじゃないの？

だが、今更そんなことを言える雰囲気ではない。

こんなにも深刻な空気の中、今頃になって『私は署名するかどうか、まだちゃんと決めていなくて』なんて口走ったらどうなることか。

そもそも、自分の意見を言う暇などまったくなかった。

アンジェロが土下座してしまったから……のような気がする。

そうだ。今の土下座のせいで完璧に空気の流れが『両親に婚約を許していただいた二人』に変わってしまったのだ。

——あ、あれ？　そういえば、両親のところに行こうって言い出したの、アンジェロ様だったような……うまく流されたような……？

今更気づいたが、遅すぎたようだ。アンジェロは優しい顔をして策士なのかもしれない。

冷や汗が背中を伝う。母が厳しい声でエリィに言った。

「自分たちで決めたことなのでしょう？　ならばしっかりしなさい」

「は、はい……」

エリィは震える手で母が差し出したペンを手に取る。

――アンジェロ様が大公位を退く羽目になんかならないよね？

護衛たちの『大公閣下に膝をつかせるなんて』という非難の目、それから厳しい母のまなざしを感じる。まだ床にひれ伏したままのアンジェロのことも気になってたまらない。

――署名する以外の選択肢はないわ……。

エリィはガタガタ震えながら血盟状に自分の名前を書き入れた。

母が『証人欄』に自分の名を書き入れ、頷く。

「エリィが許さない限りは、この子に結婚まで指一本触れないでくださいませ」

「はい、お約束します」

アンジェロはようやく身体を起こし、はっきりと頷いた。母はそれを確かめると自分も床に膝をつき、深々とアンジェロに頭を下げた。

「本来ならば身に余るお話でありながら、礼を失した態度を取ってしまい、申し訳ございませんでした」

「いいえ、お話を聞いていただけて感謝しております、奥様」

「閣下、どうかお立ちくださいませ、私ごときにそのような……」

穏やかな声はいつもの母の声だった。母はアンジェロを支え起こすと、継父に向き直って言った。

「あなた、閣下にこれからの細かいお話をお伺いしておいてくださいな」

「あ、ああ、わかった」

「私はエリィと話をしてまいります。失礼いたします」

継父とアンジェロが頷くのを確かめ、母は呆然としているエリィの腕を取った。

「こちらにいらっしゃい」

母はエリィの手を引いて廊下に出ると、足早に歩き出す。

「どうしたの、お母さん」

階段をのぼり、二階の母専用の化粧室に入ると、母は扉の鍵をかけてエリィに言った。

「お母さんね、二十五歳で、エスマール帝国の大公閣下で、あれだけの美貌なのに、あの方に貴女以外の女がいないのはおかしいと思うのよ」

「そうかな？　っていうか、突然どうしたの……？」

「あの顔で社交界に出ていくだけで、ごまんと女が群がってくるはずなの。選び放題のはずなのよ。なのに、貴女以外の女とは関係しないと血盟状に明記するなんて」

「変かな……？」

エリィが首をかしげると、母はきっぱりと頷いた。

「もしかしたら閣下は、『勃《た》たない』か、『小さすぎる』か、『性欲がない』方なのかもしれない。お母さんね、閣下とお話ししているうちに不安になってきたの」

母の言い出すことが予想外すぎて、エリィは絶句した。

今日はなんなのだろう、悪魔の記念日か何かだろうか。

「ひ、品のないこと言っちゃ駄目だよ、お母さん」

しかし母は本気だった。目が怖い。

「ご婦人方から個人的にされる相談は、八割方『品のないこと』ばかりよ。どれだけ重大な問題かエリィにはまだわからないだけ。だからこうして恥を忍んで教えているんでしょう？お母さんはね、貴女には『主人を愛しているけれど、別の男と寝てみたい』なんて、泣きながら他人に相談する人生を送ってほしくないの」

「あっ、じ、じゃあ、あとでアンジェロ様に聞いてみる、小さいんですかって」

「殿方にそんなことを聞くんじゃありません！」

母に一喝され、エリィは大混乱しながらうつむいた。

「だ、だよね、私も聞かないほうがいいと思う」

「自分で確かめるのよ」

「どうやって……」

あまりのことに涙が出てきた。間違いない。今日は悪魔の記念日だ。だからこんな心臓が止まりそうなことばかりが起きるに違いない。

「心が決まったら、貴女から閣下のご寝所に押しかけなさい」

そう言うと母は鏡台の引き出しから鍵を取り出し、棚の扉を開けた。

中には、大量の小さな薄い本があった。

そのうち一冊を取り出すと、下の段から小瓶を取り出し、まとめて小袋に入れる。

「殿方の襲い方の教本と、避妊薬です」

「……いや……あの……お母さ……なんでこんな本がたくさんあるの……」

「お客様にお渡ししている『教材』だからよ。冗談ではなく、とても多いご相談なの。嫁がれるご本人が不安に思われていることもあるし、旦那様との間にこの悩みを抱えていて、娘には同じ思いをさせたくないというご婦人もたくさんいらっしゃるわ」

――で、でも、母親が堂々と勧めること？　いいの、こんなこと……？

「自分で確かめてみて、どうしても駄目だったら性格の不一致でお別れなさい。そのあと別の人と結婚しても大丈夫よ。大昔じゃあるまいし、『処女でも血が出ない人はたくさんいる』と言えばいいだけだから。わかった？」

頭がぐらぐらしてきた。ものすごい速さで進む現実についていけないからだ。

「わかった、が、がんばる……」

エリィは涙目になって、母のくれたとんでもない贈り物を抱きしめた。

◆

血盟状をエリィの母に渡してから半月後。

エリィは宵闇騎士団を休職し、正式に『大公妃の行儀見習い』としてハーシェイマン大公家の屋敷に逗留《とうりゅう》することになった。

事務官たちには『せっかくいい子が来てくれたのに、閣下が連れていっちゃったらまた探し直しじゃないですか！』と嘆かれてしまった。

だが、申し訳なく思いつつも、アンジェロの心は幸せでいっぱいだった。

エリィを迎える準備は完全なはずだ。皇帝の許可も得た。

皇帝は『チチェリアといとこ同士でお似合いだった。一緒になってほしかったのに』と寝言を言っていたが『じゃあ大公を辞めます』と口走ったら慌てて撤回してくれた。

『事業家の娘で、事務官として務めた経験もあるのならば、ハーシェイマン大公家の采配もうまくこなせるであろう、妃を大切にしてやるように』

皇帝がアンジェロに甘い理由は二つある。

一つ目は、心身を病んでいる実弟を放置し、父親に虐待されているアンジェロを見て見ぬふりをしてきた負い目があるから。

二つ目は、アンジェロにハーシェイマン大公位から退かれては困るからだ。

——父上は、大公位の重圧につぶされて死んだようなものだからな。

アンジェロの脳裏に、亡き父の面影が浮かんだ。

器が小さく、能力も足りない人間だった。残念ながら、それが父への評価だ。

愛されなかったからこそ、父の姿がはっきり見えるのだ。もしも父から愛されていたら、きっと違った姿に見えたはずだ。

父は息子にあらゆる苦しい仕事を押しつけ『大公として生きろ』と呪いをかけた。

そして実際に息子に『大公として、すべてをこなす能力がある』と理解した刹那、急速に持病を悪化させ、息を引き取った。

亡き父は、自分と同じくらい、息子にも愚かであってほしかったのだ。

気位の高い男だったから、自分が大公の器ではないことを、どうしても受け入れられなかったのだろう。

素直で優しく聡明《そうめい》だった、という母を憎んだのも、アンジェロを憎んだのも、すべては父の劣等感ゆえだ。

——皇子殿下方はいずれも、僕の父上の二の舞になるだろう。

現皇帝の第二、第三、第四、第五皇子殿下はいずれも『お金だけもらってゆっくり暮らしたい』と考える性格の男たちで、大公位を任せても執務をこなせないだろう。

皇帝は親馬鹿だが頭は悪くない。皇太子以外の息子は不出来だとよくわかっている。

ハーシェイマン大公が背負う責任は重い。

帝国の機密に携わり、問題児だらけの宵闇騎士団を統制し、なおかつ皇帝が面倒くさがる中規模な国家行事を取り仕切る。

その他にも数々の慈善団体の理事を務め、貴族たちの派閥に睨みを利かせつつ、他国に送り込んでいる密偵たちの同行を把握する。いくらでも仕事はあるのだ。

——それから屋敷のインテリアを四季ごとに変えるのも……っ……。

一番苦手なことを思い浮かべて拳を握りしめたとき、サヴィーの声が聞こえた。

「アンジェロ様、エリィ様の馬車が到着なさいました」

「今行く」

考えていたことがすべてどうでもよくなった。

アンジェロは一瞬鏡の幕を上げ、服装だけを確かめると、執務室を飛び出した。

広すぎる屋敷を最短距離で駆け抜け、正面玄関ホールに向かう。

——婚約できた。やっと、男女交際が始まるんだ……。

自分でも何を言っているのかわからないが、ようやくエリィは、庶民が言うところの『アンジェロの彼女』になるのだ。

嬉しい。先祖の墓に報告しなくては。

玄関ホールに着くと、ハーシェイマン大公家が遣わした護衛に守られて、エリィとその家族が待っていた。エリィはアンジェロが事前に贈ったドレスのうち、白地に金と緑の花が刺繍されたものを身にまとっている。生地にこだわり抜いたドレスをまとう彼女は、輝くように美しい。

「お待ちしていました、エリィさん、ようこそ」

笑顔で手を差し伸べると、エリィも手を差し出してきた。

「アンジェロ様、今日からよろしくお願いいたします」

じっとアンジェロを見上げ、エリィが頬を染めて笑った。

は思った。

一生忘れない。老いて死ぬときも、この彼女の笑顔だけは覚えているだろうとアンジェロ
嬉しかった。彼女が家に来てくれて本当に嬉しかった。

アンジェロはそう言うと、歓迎の意を込めてエリィの頬にはじめて口づけをした。

「ええ、僕のほうこそ……」


歓迎の食事会や両家の挨拶……といっても大公家はアンジェロ一人なのだが……を済ませ、
クレイガー男爵夫妻と幼い子供たちを見送りして、アンジェロはようやくほっと息をついた。

時計を見ればもう夕方近い時間だ。

アンジェロと同じ長椅子に座っていたエリィは、隣で緊張した顔をしている。

「あの……アンジェロ様……」

「呼び捨てでいいですよ」

微笑みかけると、エリィは困ったようにうつむいてしまった。

エリィの耳元と首回りには、大粒のダイヤモンドとエメラルドが花を模してきらきらと輝
いている。指輪も同じデザインだ。

急ぎでそろえられた中では一番高価で、質も最高級の逸品だった。

宝石商は『皇女殿下がご降嫁なさるときにもお召しいただけるお品でございます』と言っ

ていたものの、アンジェロには不満が残っている。

大公妃の婚約記念なのだからもっと大きな石がよかったのだ。大きな石が女性受けするのかどうかは知らないので、しぶしぶ宝石商の助言に従ったのだが。

「僕が準備したジュエリー、地味でしたか？」

おそるおそる尋ねると、エリィが驚いた顔で首をぶんぶんと横に振った。

「そんなことありません！　早く外したいです。なくしたら困りますから」

「なくしたら、また買いましょう」

エリィがさらに引きつった顔で首を横に振る。

「だって宝石がこんなに大きいんですよ……もし一個でも、宝石が落ちてなくなっちゃったらと思うと気が気じゃないです、今日はずっと緊張していました」

「そうですか？　別にいいのに。気になるなら外しましょうか」

アンジェロはエリィの手を取り、指輪を外した。次に耳飾りを外し、最後にそっとネックレスを外す。

女性が身につけているジュエリーを外すなんて、これまでのアンジェロにはありえないことだった。胸がどうしようもなくときめく。

──ああ、エリィさんと僕は恋人同士になれたんだ。

「そうだ、他にもいくつかジュエリーを用意させたんです、見てください」

アンジェロは呼び鈴を鳴らした。

「用事があるときは、これを鳴らせばすぐに貴女付きの侍女がやってきます」

すぐに『はい』と扉の外から返事が聞こえる。

「エリィさんの宝石箱を持ってくるよう、ロッテに伝えてくれ」

アンジェロはそう言うと、エリィに笑顔で説明した。

「ハーシェイマン大公家の侍女頭はロッテという五十代の女性です。ガルテノス伯爵家の夫人で、サヴィーの奥さんですよ」

エリィが真剣な顔で頷いた。

「アレスさんのお母さんですね」

「ああ、聞いたんですね、そうです。ガルテノス伯爵夫妻は、代々ハーシェイマン大公家の使用人たちを統括しています。女主人の貴女に仕えるのは、ロッテと彼女が選んだ侍女たちになります。ガルテノス伯爵邸は庭続きの東の別邸にあるんです」

といっても、東の別邸までは歩いて三十分くらいかかる。長い長い森の小道を抜け、門を越えた先にあるのだ。

この屋敷は広すぎるので、エリィが迷子にならないよう気をつけなくては。

「じゃあ、侍女頭様に、昔のアンジェロ様のお話とかも伺えるのでしょうか？」

エリィが嬉しそうに尋ねてくる。

――僕の……昔の……。

脳裏にめちゃくちゃになった自分の部屋がよぎった。

父は酒に酔うたび、馬鹿にするな、俺はいつでもお前を殺せるのだと言いながら、部屋を壊していった。アンジェロを怯えさせるために剣を振り回し、家具も壁も床もめちゃくちゃにして、狭い部屋を破壊した。大事な本、幼い頃母にもらった人形や玩具、ロッテが仕立ててくれたお気に入りの服……部屋に隠したものは何もかも酔った父に壊されてしまった。

だがアンジェロは、病を得た父を最後まで看取った。憎い父に対して人間らしく振る舞い、今も彼と同じ生き物にならないよう自分を戒め続けている。

「……はい。僕の昔話はあまり楽しくありませんが」

そう言うと、エリィはやや表情を曇らせた。

「大丈夫ですよ。ただ父があまり優しい人ではなかったので、驚かせたら申し訳ない」

「あ……あの、そのことなんですけど、私……」

エリィが何かを言いかけたとき、扉が叩かれた。

「入れ」

アンジェロの言葉と同時に、落ち着いた女性の声で『失礼いたします』と聞こえた。

若い侍女が扉を開ける。続いて、ロッテが優雅な足取りで部屋に入ってきた。手には大きな宝石箱を持っている。

「貴女の宝石とドレスの管理は、ロッテにお願いしました」

「私の宝石？」

アンジェロの言葉にエリィが目を丸くする。

「僕からの贈り物です。この家で好きに身につけてください。外出するときはどれを身につけるのか、僕にも選ばせてくださいね」

エリィは目を丸くしたままだ。何を驚いているのだろう。

「ここへ」

「かしこまりました」

二十一年ぶりに大公家に女主人を迎えたロッテはそれは嬉しそうだった。卓上に宝石箱を置き、うやうやしい仕草でそれを開ける。

中にはダイヤモンドの一式と、真珠のネックレス、金細工のネックレスなどの他、手元で輝きを楽しめるよう三十個ほどの指輪が輝いていた。エリィが喜ぶといいな、と思って事前に用意したものだ。

「全部貴女の物です。帝都中から最高の物を集めました。その日の気分に合わせて好きに身につけてください」

しかしエリィは緊張の面持ちで、どれも手に取ろうとしない。アンジェロは手を伸ばし、大粒のルビーを小粒の真珠で取り巻いた指輪を手に取った。

「これはどうでしょう？　僕も気に入った、バラの花のようで可愛らしい色だ」

「そちらはエリィ様の人差し指用でございますわ」

さすがはロッテだ。それぞれの指輪がどの指のために作られたかまで、すべて把握済みらしい。彼女ならばエリィの指輪が千個に増えても完璧に管理するだろう。

「本物みたい……」

「もちろん本物のルビーです」

アンジェロが微笑むと、ロッテが同じく笑顔で言った。

「大公閣下に偽物をお納めする、命知らずの宝石商などおりませんわ」

アンジェロは動かないエリィの人差し指に、ルビーの指輪をはめた。清楚なエリィには、可愛らしい色の指輪がよく似合うと心から思う。

「私は、こちらもよいと思いましたの。最近見つかった桃色のダイヤモンドだそうで。薬指用でございます」

アンジェロはそれも受け取り、エリィの薬指にはめた。

「どちらも悪くないな」

しかしエリィはずっと緊張した顔をしている。

「どうしました？」

もしかして気に入らなかったのだろうか。趣味のよいロッテに任せ、宝石商たちと話し合って選ばせた品なのだが。

息子ばかりで娘がいないロッテが『こういうお品物を選ぶのが夢でございました！』と大張り切りで選んでくれたのに。

「あ、あの、アンジェロ様、こういう物をたくさん買われる前に……あの……私にお金を使ってくださる前に、ちょっと……たっ、確かめたいことがあるんです」

「なんでしょう?」

——このくらいの買い物、別に気にしなくていいのに……。

「お暇なときに……二人で説明させてください……」

エリィの可愛い顔には尋常ではない緊張が表れている。

つられてアンジェロも緊張してきた。

硬直する二人に気づいたのか、ロッテが優しい声で言う。

「エリィ様、白絹のドレスのままではなんですから、お召し替えなさいませんこと?」

ロッテの助け船に、アンジェロは頷いた。

「ああ、そうだな。エリィさん、ついでに衣装室も見に行きましょう。少しですが、貴女の服を用意しておきました」

エリィが頷き、絹のドレスの裾をさばいて立ち上がった。

——ああ、白と緑の組み合わせが本当によく似合うな……確かめたいことってなんだったのだろう? 別れ話以外ならなんでも笑顔で聞くけれど。

アンジェロは、婚約者の美しさと愛らしさに目を細めた。

◆

長すぎる一日が終わり、エリィはようやく一人になって、寝台に横たわっていた。

ここは大公妃行儀見習いの部屋らしいが、今までに見たどんな部屋より美しく広い。お風呂まで使用人が世話してくれて、どこのお姫様になったのかと恐ろしくなる。屋敷も広すぎて回りきれず、『残りは後日案内します』と言われたほどだ。

——アンジェロ様が私の身支度に、こんなにお金をかけていると思わなかった。

ロッテが置いていった宝石箱の中身を眺め、エリィはごくりと喉を鳴らした。

いくら宝石に興味がないとはいえ、これらが尋常の品でないことくらいはわかる。母の客の富裕層の貴婦人でさえ、これほど大粒の宝石類は身につけていなかった。

——宝石箱の中身だけで、帝都の郊外にお城が買えそう……ドレスも山のように用意してくださっているし。一生太れないほどあるよ、もう……！

アンジェロにこれ以上お金を使わせる前に、身体の相性をまず確かめねばならない。

エリィは意を決して立ち上がり、絹の寝間着の上にガウンを羽織った。

ここに来るまでの半月、決死の覚悟で『男の襲い方』も頭に叩き込んできた。それしか考えられなかったと言っても過言ではない。今も尋常ではなく緊張している。

——美味しい物大好きな私が、夕飯もまともに喉を通らなかったわ。

アンジェロはエリィの稚拙な手管にほだされて、性交してくれるだろうか。

彼は真面目なので拒まれる可能性もある。

それにこんなにも下品な申し出をしたら、嫌われる危険性も高い。

だが『絶対に確かめなくては彼も不幸になる』ことなのだから、勇気を出そう。

──あ、あっちが、私と相性悪くて嫌だ、って思うかもしれないんだし。

そう思うと足が止まりそうになるが、エリィは己を叱咤して歩き出した。

長い廊下を歩く間、ほとんど誰ともすれ違わなかった。アンジェロはまだ屋敷の裏手にあるぼろぼろの部屋で寝起きしているのだ。

──どうして？　サヴィーさんの言うとおり、できれば改めてほしい。今日はその前にもっと大事な用事があるけど……。

エリィは薄暗い廊下に差し掛かり、勇気を出してアンジェロの私室の前に立った。

──よ、よし……いこう！

エリィは扉を叩こうとした。そのときだった。

「誰ですか」

鋭い声が部屋の中から聞こえる。

アンジェロが控えの間まで出てきて、すぐそこに立っているのだ。まるでエリィがのそのそと部屋に近づいたことを最初から気づいていて、待ちかまえていたかのようだ。

エリィはしばし驚きに立ちすくんだが、なんとか声を振り絞る。

「わ、私です……エリィです……」

扉はすぐに開いた。寝間着姿のアンジェロが驚いたようにこちらを見ている。だが、エリィもびっくりした。彼が剣を手にしていたからだ。

「どうしました？」

先ほどエリィを誰何《すいか》したときとは別人のように優しい声だった。

「慣れない屋敷で眠れませんでしたか？」

心からエリィを案じていることが伝わる表情だった。エリィは無言で首を横に振る。

そして『教本』に書かれていたことを実行した。

「な……っ！」

エリィに抱きつかれたアンジェロが驚きの声を上げる。

「アンジェロ様、私を抱いてください」

相手が真面目な男の場合、小細工はいらないと書かれていた。

女が何をしようが嫌なら絶対に抱いてくれないので、素直に頼むのが最善だと。それで駄目ならしつこくせずに引き下がれ……と。

——だ、駄目かな……嫌われちゃったかな……。

抱きついたままアンジェロの様子を探るが、何も感じない。心臓の音も聞こえないし、呼吸音も聞こえない。そこでエリィは慌てて彼から離れた。

「アンジェロ様、大丈夫ですか？」

「えっ？　あっ？　ああ、はい、大丈夫、今ちょっと死んだかもしれないです」

「大丈夫じゃないじゃないですか！」

驚きのあまりそう言い返すと、アンジェロは無言でエリィを引き寄せ、扉を閉めてしまった。ぼろぼろに壊された控えの間で身を寄せ合ったまま、エリィはもう一度アンジェロに抱きついてみる。

「急に……こんなことをされたら……僕は驚いてしまって……」

アンジェロが不自然に乱れた息を整えながら言った。先ほどとは違い、心臓がすさまじい速さで脈打っていた。

「私、アンジェロ様に抱いてほしくて来たんです。結婚する前に、わ、私の身体に満足できるか確かめてください」

恥ずかしすぎて涙が出てきた。

「駄目ですか？」

潤んだ目で尋ねると、アンジェロが呆然としたまま答えた。

「駄目ではありません……でも……」

「結婚してから、お互いに満足できないと思っても遅いんです。ちゃんと最初に確かめないと駄目なんです、私に色々と買い与える前に、身体の相性を確かめてください」

アンジェロにしがみついたままエリィは必死に訴えた。

「その確認は、どうしても急ぎのものですか？」

「はい」

エリィはしっかりと頷いた。

「それでは……部屋の中に入って待っていてください」

アンジェロはそう言いながらぼろぼろの扉を開けた。奥の間は凄惨な有様だ。

寝台だけが無事だが、他の物はすべて壊れている。窓枠は接ぎ木で補修されていて、硝子はひびが放置され、一部だけ新品と交換されていた。

——なんて部屋……アンジェロ様のお父様が壊したなんて……どうして……？

「ここに座っていてくださいね、物を取ってきます」

アンジェロは寝台にエリィを腰掛けさせると、足音もなく部屋から出ていった。

エリィは自分を抱きしめながら部屋の中を見回す。

あちこち壊れている部屋が怖かった。アンジェロはこんな部屋で暮らしていて大丈夫なのだろうか。

「お待たせしました」

しばらくしてアンジェロが戻ってきた。剣の代わりに小箱を持っている。

「この部屋、めちゃくちゃで驚きましたか？」

エリィはしばらく迷った末、頷いた。

「はい……でも大丈夫……です……」

「そうですか、よかった。驚かれるかと心配だったのですが」

謎の小箱と瓶を手にしたアンジェロの傍らで、エリィは再度勇気を振り絞って言った。

「それで、あの、私、本当に抱いてほしいんですけ……」

エリィの言葉を封じるように、アンジェロがそっと唇を重ねてくる。

なんて柔らかくなめらかな唇だろう。エリィはうっとりと目をつぶる。アンジェロは唇を離すと、エリィをそっと抱き寄せた。

「その前に言わせてください。愛しています、エリィさん」

「あ、あ、ありがとう……ございます……」

どうやらアンジェロは呆《あき》れてはいないようだ。

「僕は本気で貴女の伴侶になりたいんです。ですからどうか心ゆくまで『相性』を確かめてください。嫌わないでくださると嬉しいのですが、本当に嫌なら、嫌だと言ってくださってかまいません」

エリィは頷き、アンジェロに頼んだ。

「あの、私のことは呼び捨てにしてください」

「それなら、僕も貴女に呼び捨てにされたい」

「そっ、それは、もし結婚できたらそうします。今の立場では呼びづらいです」

アンジェロは答えずにエリィに再び口づけすると、寝台の上にそっと押し倒した。脚の位置をずらされ、枕に頭を乗せてまっすぐに寝かされる。

「脱がせていいですか？」

「じ……自分で脱ぐので……あ……」

アンジェロの手が帯にかかった。

前で合わせただけの絹の寝間着はするりとはだけてしまう。

――や……やだ……

エリィは慌てて前をかき合わせ、両膝をぎゅっと閉じた。脚のところに座っていたアンジェロが、同じようなつくりの寝間着をさっと脱ぎ捨てる。枕元に置かれたランプの光に、無駄ひとつない見事な裸身が浮かび上がった。

──き、綺麗……なんて綺麗な身体……！

士官学校時代に、上半身裸で校庭を走り回っている男子を何度も見かけた。生徒は大半が男子だったから珍しい光景ではなかったのだ。だがアンジェロの上半身のたくましさは若い男子生徒のものとは一線を画している。

──見たい、見たいけどあんまりじろじろ見たら下品だから……あっ！　明るいから、私の裸も見られちゃう！

エリィは寝間着の前を必死に摑んだまま枕元のランプを消した。部屋の中が真っ暗になる。窓からわずかに月の光が入ってくるだけだ。

「こ、これで、見えなくなりましたね」

ほっとして言うと、アンジェロが優しく尋ねてきた。

「明るいと恥ずかしいのですか？」

「は……はい……」

正直に答えると、涙がにじんできた。アンジェロは丁寧な仕草でエリィを抱き起こし、腕を通していたガウンと寝間着を身体から剝《は》ぎ取った。

──は……裸に……！

緊張のあまりエリィはぎゅっと目をつぶる。必死で教本の内容を思い浮かべた。

『合体しても死なないから大丈夫』

『男側も余裕がないから、女の身体に多少変なところがあっても気づかない』

そう書かれていたではないか。

お風呂を手伝ってくれた使用人たちも『これなら閣下も夢中になられますわ』と謎の励ましを口にしながら肌を磨き上げてくれた。

今思えば、あの励ましは『そういうこと』だったのだ。磨けば見た目が綺麗になるという話ではなかった。

「し、下着は自分で……あ……」

最後の一枚も剝ぎ取られ、エリィは恥ずかしい場所を必死で手で隠す。真っ暗だから見えないはずなのに、身体の至るところに視線を感じてしまうのが不思議だった。

「エリィ」

アンジェロが静かな声で言った。

――さん付けじゃなくなった……。

エリィの鼓動が速まる。

「僕が女性の抱き方を知っていても驚かないでください。恋人がいたわけではありません。皇族の男子は、十八になったときに、陛下の命令で強制的に高級娼婦《しょうふ》の手ほどきを受けるのです。女性に簡単に誘惑されないよう、そして高貴な女性を妻に迎えたときに恥をかかせないよう、基本的な手管を教え込まれるので」

「は、はい、気にしません、大丈夫です」

エリィは必死に頷いた。

アンジェロには恋人がいなかった、という言葉がちょっと嬉しかったが、実を言うとあまり気にしていなかった。

今はお互いがお互いを大好きなことがよくわかっているからだ。

「むしろ私は、教本の内容しか知らな……」

余計なことを言いかけてエリィは口をつぐむ。

「知らなくても大丈夫です」

アンジェロがそう言うと、何かを手に取った。

「口を開けて、半分だけかじってください」

エリィは素直に口を開ける。アンジェロがショコラを咥《くわ》えてエリィの唇に押し込んできた。

エリィは胸をドキドキさせながら押し込まれたショコラを半分かじった。普段菓子店で買う物より、ずっとなめらかな舌触りだ。

とても甘くて、ほんのりお酒の味がして美味しい。そのまま咀嚼《そしゃく》すると、蕩けるような甘味が口の中に広がって喉に流れていった。

「僕の手作りなんです。徹底的に有害成分を排除した媚薬《びやく》入りなので、苦痛は取り除かれると思うのですが……初夜に痛い思いも嫌な思いもしてほしくなくて」

「すごく美味しいです」

だがとくに身体に異変はない。これから変化するのだろうか。

アンジェロのまとっている香水の香りがエリィの身体を包み込む。暗いおかげか、彼の気配をいつもよりもはっきりと感じた。

――いい匂い……。

「身体に触ってもいいですか」

「はい」

返事をすると、肩に軽く口づけされた。次に鎖骨に、顎に。波紋が肌に広がるような不思議な感触を覚える。

アンジェロは次々にエリィの身体に口づけてくる。頬、髪、額、そして……。

「あ……!」

乳房の先端に口づけられ、エリィの身体がびくんと跳ねた。同時にお腹の奥からどろりとしたものがにじんでくる。

――いや……どうしよう……!

そのままアンジェロの唇は下のほうへと下りていく。乳房の下側、おへその脇、腰骨。どんどん危うくなる口づけに、エリィは思わず身じろぎする。

「ま、待って……あぁ……」

和毛《にこげ》に口づけられ、エリィは半泣きの声を上げた。

「潤滑剤を塗りますね」

「な……なにを……塗……いやぁっ」

不意にアンジェロの指が、秘裂をなぞった。冷たい何かを塗られ、エリィはたまらずに腰を揺らす。

「ひ……っ……」

「痛くないようにするためです、我慢して」

「は、はい……あ……んっ……」

ぬるぬるした冷たい液体をまとった指が、ぬかるみの奥へと沈んでいく。腰を引こうとしたが、指はそのままエリィの奥へと入っていった。

「いや……あ……！」

アンジェロがエリィの膝を立てさせ、脚の間に割り込んでくる。彼はエリィの反応を確かめるように、指をゆっくりと前後に動かした。

ぐちゅっ、ぐちゅっと規則的な音が響く。

「ん、ん……っ……」

エリィは歯を食いしばって妙な声が漏れるのをこらえる。

入ってきた指を蜜窟がぎゅうぎゅうと締め上げるのがわかった。

気持ちがよくて、中が勝手に窄《すぼ》まるのだ。

「もう少し潤滑剤を馴染《なじ》ませます」

「そ、そんなところに指……ん」

エリィは思わず枕の端を摑む。身体がますます熱くなってきた。アンジェロの指が二本に増え、エリィの淫洞を執拗《しつよう》にかき回す。先ほど口づけされた乳嘴《にゅうし》が硬く尖《とが》り、ますます息が乱れた。

——お腹の中が勝手に動いて……あぁ……。

指で弄《いじ》られているそこは、アンジェロを歓迎するようにひくひくと蠢《うごめ》いている。中をこすられるたびに声が漏れ、腰が揺れた。

「三本入れば、多分大丈夫だと思うのですが」

「や……」

さらに潤滑剤を垂らした指が三本、エリィの未熟な場所を暴いていった。

中が激しくうねり、恥ずかしくなるほど激しくアンジェロの指に絡みつく。冷たい液が膣内《ちつない》に広がり、目尻から涙がこぼれた。

「もう、指は嫌です」

うわずる声でエリィは訴える。

「では貴女を抱かせてください」

指がそっと抜かれる。脚の間から冷たい液と熱い蜜が入り混じってこぼれた。

真っ暗な中でアンジェロが顔を寄せてくるのがわかった。唇に接吻され、枕を摑んでいた両手が、アンジェロの両手でぎゅっと握られる。

「しっかり僕を確かめてくださいね」

「は、はい、あ……」

どろどろに濡れた蜜口に硬くなめらかな杭《くい》の先端が当たった。

アンジェロはいつの間にか全部脱いだらしい。

「脚をもっと開いて」

羞恥でどうにかなりそうだと思いながら、エリィは震える脚を大きく開いた。真っ暗にしてよかった。そうでなければ恥ずかしすぎる。

アンジェロは上半身を起こしたまま、ゆっくりと太い肉茎をそこに押し込んできた。ずぶずぶと音を立てて深い場所まで入っていく。たくましいそれに内襞《うちひだ》をこすられると、エリィの細い道は切なげに狭窄《きょうさく》した。

「あ……いや……だめ……」

「もう少しです、大丈夫ですから」

なだめるように言いながらアンジェロが身体を進めた。

――こんなところまで入ってくるの……。

そう思ったとき、エリィの身体にアンジェロの下生えが触れた。全部奥まで入ったのだ。

「アンジェロ様、気持ちいいですか？」

震え声でエリィは尋ねる。

「男は、気持ちよくなければこんなふうに勃たないんです。貴女こそどうでしょう？　気に

されていた『相性』は
「ま、まだ、わからない……です……」

言いながらも息が弾んだ。

裸で繋《つな》がり合っているだけで恥ずかしいのに、肌を通して伝わってくるぬくもりはどこまでも柔らかく優しくて、ほのかな幸福感を覚える。

同時に、貴女が動いて、彼の怒張をただ咥え込んでいるだけの状態が、ひどくもどかしく思えてきた。

「では、僕の抱き心地を確かめてみてください」

穏やかな声で囁かれ、エリィはおそるおそる腰を揺すった。

くちゅくちゅという小さな音と共に、中を満たす肉杭がかすかに動く。えもいわれぬ甘美な『何か』がじわじわとエリィの身体に広がっていく。

──もっと奥にほしい……。

破廉恥な欲望が湧き上がってきて、エリィは小声で懇願した。

「アンジェロ様も動いてください」

彼の大きな手を握り返しながら、エリィはもう一度繰り返す。

「動いて……アンジェロ様も……」

「ええ、わかりました」

アンジェロはそう返事をし、ゆっくりと肉杭を前後させた。

途端にむずむずとした快感が湧いて、下腹部に波紋のように広がっていった。

エリィは思わず足の指を屈曲させる。

この快感をこらえなければ。

本能的にそう思ったのだが、こらえないとどうなるのだろうか。

怪しげな期待にますます息が乱れ、頭がくらくらした。

――アンジェロ様が、奥まで……来てくれる……。

与えられた快感にエリィの目に涙がにじんだ。

柔らかな粘膜をたくましいそれでこすられるたびに、『もっと、もっと』と強い欲望がこみ上げてきた。

このままでは自分が『おかしく』なると、不思議とはっきりわかる。

開いた脚を震わせながら、エリィは思った。一糸まとわぬ姿で繋がり合う行為に、身も心も溺れていく。吐く息が荒くなり、身体が勝手にくねった。

「んあ……あ……っ……」

下半身の熱が全身に広がる。アンジェロが奥をぐいと突き上げるたびに、甘いしびれが身体を満たしていく。

「んっ……んん……っ……」

エリィは必死に声を殺し、アンジェロの手をぎゅっと握りしめた。

ぐちゅぐちゅと言う音が大きくなり、繋がり合った場所から幾筋も熱いものが垂れ落ちた。

秘部がうずいて下腹が波打つ。お腹の奥に蟠《わだかま》る熱が耐えがたいほどに高まった。

「あ……熱い……あ……！」

そう訴えると、アンジェロがゆっくりと覆いかぶさってきた。かすかな汗の匂いと、爽やかな香水の匂いがエリィを包み込む。

「僕の可愛い人……中に出してもいいですか？」

「え？　あ……あぁっ！」

アンジェロの唇がエリィの唇を塞いだ。

ゆったりと動いていた杭が速度を増す。

「ん、う、ううっ……う」

あまりの快感にエリィは脚をばたつかせる。この快楽をどこかに逃さないと駄目だ。そうでないと我慢ができなくなる。

敷布を蹴るエリィの足が滑った。奥深いところをえぐるように突き上げられて、抑えがたい声が漏れる。

「んー……っ！」

雄の欲情にひしがれた身体から、みるみる力が抜けていく。

エリィははしたなく脚を開いたまま、必死でアンジェロの手を握りしめた。

——もう、駄目……！

「う……く……」

大きな熱塊を呑み込んだ蜜窟がびくびくと蠢いた。初めて刻み込まれた絶頂感に、エリィ

はアンジェロの身体の下でのけぞった。

唇が離れ、はしたないあえぎがこぼれ出す。

「あ、いや、あぁ……！」

気づけば、いつの間にか脚をアンジェロの腰に絡めていた。

「愛しています、貴女は僕の世界一可愛い恋人なんです……」

優しい声とは裏腹に、アンジェロはのたうつエリィの身体をしっかりと縛《いまし》めている。

──私も、アンジェロ様が好き……。

そう思うのと、エリィの一番深い場所におびただしい熱が放たれたのは同時だった。

びくびくと跳ねるエリィの腰の奥に多量の熱液が広がっていく。

アンジェロは繋がり合ったまま、エリィを抱きしめて尋ねてきた。

「身体の相性はどうでしたか」

「あ、あ、私には大き……ん……っ」

未だにお腹の奥が熱くてしびれたままだ。

「僕はとてもよかった。よかったです、エリィ」

エリィの首筋にアンジェロの唇が押しつけられる。ただそれだけの刺激に、エリィの身体は素直に反応し、甘く震えた。

「初めてでは、まだ相性がいいかどうかわかりませんよね？」

そう言うと、アンジェロは汗ばんだエリィの首筋にそっと舌を這《は》わせた。アンジェロを呑み込んだままの場所がずくんとうずく。

「また確かめてください、心ゆくまで」

エリィは無言でアンジェロの首筋に軽く頬ずりした。

彼の言うとおり、初めてなので相性の良し悪しは断言できないかもしれない。

だが、多分悪くないと思う。

なにより大事なことは、この行為を終えてもアンジェロへの気持ちは何も変わらなかったことだ。むしろ愛《いと》おしさが増した気がする。

――よかった……。

『もう確かめなくても大丈夫です』

答えようとしたとき、アンジェロの声が聞こえた。

「眠っていいですよ」

額に口づけされてエリィは目を閉じる。最後まで愛し合えた安心感からか、身体がずしんと重くなってきた。

――お言葉に甘えて、ちょっとだけ寝よう……かな……。

そう思いながら、エリィはそっと目を閉じた。

◆

エリィの身体を綺麗にして寝間着を着せ終えたあと、アンジェロは彼女の傍らに横たわって天井を見ていた。

天蓋すらない粗末な寝台でエリィを抱くことになるとは思わなかった。

でも、可愛くて可愛くて、可愛くて、本当に幸せだった。永遠に『相性がいいかどうか』の結論など出さなくていいから、毎夜抱かれに来てほしいほどだ。

——あのショコラも少しは役に立ったのだろうか。

婚約が決まったとき、いずれ彼女を抱く日が来るといいな、と思い、アンジェロは自らの手で特製の媚薬を作った。

自分でも自分の行動が気持ち悪い。まだ手を握っただけのエリィとの初夜を思い、真夜中の調合室で媚薬を煮詰めている男なんて、正直どうかしていると思う。

だが、エリィに怖い思いも痛い思いもしてほしくなかったのだ。

だから、あらゆる文献を取り寄せ、数年前に取得した『国家薬師』の資格を活用して医療用の薬品も使い、『安全な媚薬』を作ってショコラに混ぜた。

もちろん効果は自分の肉体で確認済みだ。

実はアンジェロは媚薬の類いにとても弱い。色々と市販の品を買って確かめたが、通常の十分の一程度の量でも効きすぎるくらい弱いのだ。

——僕が使って安全な媚薬なら、一般人はまず大丈夫だ。

それから半月。

ひたすら媚薬を作ってショコラに混ぜ、真夜中に試食をして身体の火照りを確かめて、慌てて中和剤を飲む。その繰り返しで媚薬入りのショコラは完成した。

――エリィも美味しいといっていたし、頑張って作ってよかった。

だんだん頭が働かなくなってきたようだ。エリィを迎える興奮で昨夜は寝ていないからだ。寝よう。

――それにしても寝顔も可愛いな。

夜目が利くアンジェロは、幸福な気持ちでエリィの寝顔を確かめる。

あまりの可愛さにどきどきしてきて、アンジェロは慌てて目を閉じた。

――本当にそろそろ寝ないとな。

そう思いながら、もう一度目を開けてエリィの寝顔を見つめる。

『真っ暗で見えない』と思っていたエリィには申し訳ないが、アンジェロの目にはエリィの顔がはっきりと見える。

抱いている間も何もかも見えていた。

細い首も、ふっくらした乳房も、くびれた腰も、意外と豊かな臀部《でんぶ》も、長くすらりとした脚も、蕩けたような泣き顔も、何もかも全部……。

悶々《もんもん》としてきてようやく合点がいった。媚薬が抜けないので眠れないのだ。

――駄目だ。中和剤を飲もう。

アンジェロはそっと寝台を抜け出し、調合室に向かう。二重に施錠した調合室に入り、

『実験第三十九番用』と書かれた瓶を手に取った。

匂いを確かめ、ビーカーに移して試薬を垂らす。間違いなく中和剤であることを確認し、いつものように飲んだ。すうっと身体が冷えて異様な火照りが収まっていく。

――うっ、眠……。

どっと睡魔がのしかかってきた。アンジェロはふらつく足取りで調合室を出て、厳重に施錠する。そして自室に戻って、寝台のエリィの傍らに潜り込んだ。

『アンジェロ様、これ、食べていいですか？』

愛らしいエリィの声が聞こえた。

『ええ、食べていいですよ……』

アンジェロは満面の笑みで返事をする。

――……あれ？

熟睡していたアンジェロは、自分が喋ったことに驚き、跳ね起きた。

もう朝もかなり遅い時間だ。

びりびりに破れたカーテンの間から光がさんさんと差し込んでいる。いつもは、まだ薄暗い時間に起きるのに。

――昨夜寝ていなかったうえに、媚薬まで口にしたからだ……。

傍らで誰かがびくりと身体を震わせた。同時に甘いショコラの香りが漂ってくる。

見れば、エリィが媚薬入りのショコラの箱を持って、もぐもぐと口を動かしているではないか。

「おはようございます」

エリィは、アンジェロの傍らにちょこんと正座していた。

「お、おはようございます。寝過ごして申し訳ありません」

謝るとエリィは笑顔で首を横に振った。

「いいえ、気にしないでください。これ、すごく美味しかったです」

八個入りだった媚薬入りのショコラの箱は空になっていた。息を呑むアンジェロの前で、エリィが笑顔になった。

「二時間くらい前から起きていたんですけど、いつ朝ご飯なのかわからなくて、お腹すいちゃって。ごちそうさまでした」

寝ぼけた自分が『食べていい』と答えたことを思い出す。

おそらく、早朝にサヴィーがこの部屋を覗き、エリィが一緒に寝ていることを確認して『お二人がお目覚めになるまで決して邪魔しないように』と使用人たちに言い含めたのだろう。彼の足音ならばアンジェロは目が覚めないからだ。

だからエリィは朝食を食べられなかったに違いない。悪いことをしてしまった。

「アンジェロ様の髪、すごく綺麗」

エリィが笑顔のまま手を伸ばし、アンジェロの三つ編みに触れた。

――こんなふうに髪に触れてくれるなんて……もしかして僕に甘えている⁉

肌を合わせる前よりも断然距離が近づいたように思えて、ますますエリィへの愛情がかき立てられる。

――僕の身体は余すところなく貴女の物です。好きに触ってくれていいんです。

そのときアンジェロは、媚薬の匂いが甘いショコラの香りに混じって漂ってくることに気づいた。

――あ……匂いだけでも駄目だ……。

くらくらしながら、アンジェロはエリィを抱き寄せた。

「そのショコラ、食べてもなんともないですか」

「はい。美味しかったです」

エリィが素直にアンジェロに身を委ねながら答える。

早くも下腹部に怪しげな欲がうずき出す。だがエリィは気づいた様子もなく、熱心にアンジェロの髪先を梳いていた。

「あ、ほどけました。少し絡まっていたんですよ」

アンジェロの毛先を丁寧にほぐし、エリィが嬉しそうな声を上げる。

「ありがとう。本当に食べてもなんともないですか？」

「媚薬が入ってるんでしたっけ？　大丈夫でした」

「そうですか……」

あの努力はなんだったのか……。

「私、お金がない頃に変な植物を食べていたせいか、『耐性』というのがついてしまって、いろんな薬が効きにくいみたいなんですよね」

エリィが決まり悪げに笑う。

「たしか小さな頃に、よく草を召し上がっていたと言っていましたね」

そう答えると、エリィが照れたように笑った。

「だから今、食いしん坊なんです」

無邪気なエリィの笑顔に惹かれ、アンジェロは吸い寄せられるように口づけた。エリィは頬を染め、されるがままに目を閉じる。

アンジェロはエリィの寝間着の裾に手を這わせた。エリィは身じろぎしたが、抗わなかった。

「僕は……貴女が食べたあとの匂いだけで、もう駄目みたいです……」

「あ……」

柔らかな身体を寝台に組み敷き、首筋に口づける。エリィは赤い顔でぎゅっと目をつぶっている。やめられない。もっと貪りたい。そう思いながら、アンジェロは膝をエリィの脚の間に割り入れ、そっと左右に開かせた。

前合わせの寝間着がはだけ、白い綺麗な脚が露《あら》わになる。

「昨夜のように、また貴女を抱いてもいいですか？」

エリィがぎゅっと目をつぶったまま、小さく頷いた。

アンジェロはエリィにのしかかり、その脚を肩の上に担ぎ上げる。

「苦しかったら言ってくださいね」

もう、己自身が苦しいほどに屹立《きつりつ》している。アンジェロは昨夜の名残《なごり》でまだ濡れているそこに、ゆっくりと怒張を突き入れた。

「あ……あっ……」

「背中に摑まって」

アンジェロの言葉にエリィが素直に従う。屈曲させられた不自然な体位を恥じるようにエリィは目をつぶったままだ。

——どうしよう、こんなに可愛いなんて……。

温かな肉襞《にくひだ》に自身を沈めながら、アンジェロは無意識に唇を舐《な》める。そして、エリィの恥骨と己の身体をぐりぐりとこすり合わせた。

「やっ、あぁあっ」

アンジェロの背を摑んでいるエリィの指に、ぎゅっと力がこもった。

「痛いですか？」

アンジェロを搾り取らんばかりに蜜洞がうねる。その感触を味わいながら、アンジェロは執拗に接合部を押しつける。

「い、いたく……ないです……あぁ……」

エリィの身体がアンジェロの分身に食らいついてくるかのようだ。エリィは背中から手を離し、再び両手で赤い顔を覆ってしまった。

「慣れましたか？」

「ん、あ……少し……あぁ……」

エリィが息を弾ませ、不器用にアンジェロと同じ動きをする。肩に担ぎ上げた脚が、時折びくん、びくんと空を蹴るのがたまらなく愛らしい。

清純なエリィが、こんなに淫らな身体をしているなんて知らなかった。

「僕も慣れました。それに昨日より気持ちいいです」

息を弾ませながら言うと、エリィが顔を隠していた手をずらす。

緑の美しい目が指の隙間から覗いた。

「あ、わ、私も……いいです……」

その答えにアンジェロは微笑み、ゆっくりと杭を前後させた。雁首《かりくび》が内襞に引っかかり、昨夜注ぎ込んだ己の精をかき出す。

「んっ……あっ、あう……っ……」

突き上げるごとに、エリィの身体が揺れる。

薄い寝間着の下で乳房が揺すられるのがはっきりと見えた。我慢できない。アンジェロはエリィの寝間着を留める帯をほどき、しなやかな身体を露わにさせた。

「あぁ、いやぁ……っ！」

エリィが乳房を恥じるように手で覆い隠す。アンジェロはその手を取り、真っ白な手首の内側に口づけた。やはり彼女の肌はなめらかで美味しい。

「だめ……見ないで……」

嫌がる言葉と裏腹に、アンジェロを呑み込んだ場所がぎゅうと締まる。

「ここに痕をつけてもいいですか？」

手首に口づけながら尋ねると、エリィが涙をためた目で首をかしげる。

「痕……？」

アンジェロは答えずに、柔らかなその場所を力を込めて吸う。白い肌に小さな紫の痕が残った。本当は首や胸元にもたくさんつけたいのだが、今日は我慢する。

エリィの手首を掴んだままアンジェロは再び身体を揺すった。

薄い下腹がひくひく震えているのがはっきりと見える。エリィは裸身を晒され、両手を縛められたままいやいやと首を横に振った。

「見ないでください……っ……」

「どうしても見たいんです」

「な、なんで、あっ、あ」

アンジェロを呑み込んだ場所がますます強く収縮した。恥じらいと快感は同種の物だからだろう。

「昨日見せてくれなかったでしょう？」

本当は見えたのだが、アンジェロはあえて嘘をつく。エリィが高まる快感をこらえるように、ぎゅっと赤い唇を噛んだ。

「今日は全部丸見えです。エリィの身体はどこもかしこも可愛いですね」

そう言ってぐいと奥を突き上げると、エリィの隘路《あいろ》がびくびくと痙攣した。

「あぁぁっ……だめぇ……っ……」

──僕も駄目だ……。

心の中でそうつぶやくと、アンジェロはエリィの脚を肩から下ろし、柔らかな身体に覆いかぶさって口づけた。弾む乳房と胸板をそっと合わせ、息を乱して欲を吐き出す。

吐精するアンジェロの唇をエリィが優しく舐めてくれた。

息が乱れて苦しい。けれどとてつもなく幸せだった。

──ああ……エリィの身体を綺麗にしないと……。

果てたアンジェロはぼんやりと思う。

アンジェロはゆっくりと結合を解き、エリィの寝間着をもう一度着せ直して、自分もはだけた前を閉じる。

「お湯を僕が運んできて、貴女の身体を拭きます。それなら侍女に頼むよりも恥ずかしくないと思うのですが」

エリィを抱き寄せながら尋ねると、彼女は腕の中で小さく頷いた。

——幸せすぎて怖くなってきたな……。

だいたい平和を満喫しているときに限って事件が起きて皇帝に呼び出されるのだが、今回ばかりは神様もそこまで意地悪はなさるまい。

そう思いながら、アンジェロはエリィの額に口づけた。

「では、ちょっとお湯の支度をしてきますね」

◆

身も心も結ばれた幸福感を分かち合うのもつかの間、アンジェロは皇帝の呼び出しで出かけてしまった。ひどく慌ただしい出立だった。

特殊行動班が出動せねばならない、大きな事件が起きたらしい。

——もう三日も帰っていらっしゃらない……。

この家に来てから五日目の夕方が来た。

二日目の昼から、アンジェロは宵闇騎士団の指揮を執ると言って出かけてしまい、一度も屋敷に戻ってこないのだ。

出かける前にアンジェロは『少し遠方で、皇帝騎士団に対する麻薬組織の襲撃があったため、支援に出かける』と説明してくれた。

——大公閣下が、こんなにも長く帰ってこないことってあるの？

心配で仕方がない。

すぐに帰ってくるだろうと思っていたからなおさらだ。

ロッテもサヴィーも慣れているのか、『長いときは一週間ほど騎士団の特殊行動班と行動を共にされます』と説明してくれた。そのせいでますます心配になる。

——そもそも、アンジェロ様が直々に特殊作戦に参加なさるなんて聞いてないわ。

どんなにドレスやジュエリーの試着を勧められても気が乗らない。

お菓子も食べる気にならないし、美しい庭を案内されても何も目に入ってこない。

——アンジェロ様が危ない目に遭っているかもしれないのに、自分だけのんびり待つなんてできない。

ロッテに頼んで、将来大公妃が担うという事務作業を教えてもらい、仕事をしながら気を紛らわすしかできなかった。

——えっと……次は孤児院の子供に送る品物の候補を選んでおいて、アンジェロ様が戻ってきたら確認していただく……でいいのかな？　これは、あとで商品台帳を見せてもらって、一覧を作ろう。

書類を一枚一枚確かめながら、エリィは大きくため息をついた。

——あっ、そういえば『確認』で思い出した。シェールさんからお預かりした手紙、アンジェロ様に確認していただかなきゃ。ずっと待たせてしまっているわ。

日々が激動すぎて忘れていたが、『ジェイさん』に会いに特殊行動班の部屋を訪れて、手紙を渡したときのことを思い出す。

——あの頃の私は、『特殊行動班』の人たちは、別の階にいる、別の仕事をしている人たちだとしか考えていなかったな……。

まさか自分の大事な人が特殊行動班の責任者で、何日も危ない場所に行くことになるなんて想像だにしていなかったのだ。

目に涙が浮かんできたので、慌てて手の甲で押さえた。

アンジェロもそれなりに鍛えているようだが、矢で狙われたり、剣で斬りかかられたりしたら無事でいられると思えない。

——きっとサヴィーさんやロッテさんが騒がないのも、私を心配させないためなんだ。だってアレスさんも現場にいるんだもんね。私よりあの二人のほうがずっと辛いはずだわ。だから私はめそめそしていては駄目。

エリィは強く唇を噛んで次の書類を手に取った。黙って呆《ほう》けているのが、一番駄目だ。悪い想像で頭がいっぱいになってしまうから……。

そのとき、にわかに控えの間が騒がしくなった。

「サヴィーもいないの？　じゃあちょうどいいわ、神様に味方されているみたい」

知らない若い女の声だ。だが明らかに高位の貴族とわかる高慢な口調だった。

「おやめくださいませ、チチェリア様。こちらには大公妃様になられる……」

ロッテが必死に制止する声が聞こえる。

——チチェリア様って、たしかお母さんが言っていた第六皇女様だわ。

皇帝は彼女との結婚をアンジェロに勧めていたが、彼は断ったと聞いたのに。なんの用だろう。

「大公妃じゃないでしょう！　たかが男爵令嬢よね。アンジェロ兄様が私との結婚から逃げるために『雇用』した人間なんでしょ？」

チチェリアが扉の向こうで金切り声を上げた。攻撃的な声にエリィの身体がすくむ。

「そうではございません、皇女殿下。お聞きになられたはずです。今後一切、チチェリア様は陛下と大公閣下の許可なく、このお屋敷に入ることは……あっ！」

「私は『自分のもの』を取り返しに来たのよ！」

どん、と言う音と共に誰かが倒れる音がした。うめき声が聞こえる。ロッテだ。

「ロッテさん！」

エリィはたまらずに部屋を飛び出した。

華やかな金色の髪をした、美しい女の姿が見える。

だが彼女に挨拶している余裕もなく、エリィは壁際にくずおれているロッテに駆け寄った。

どうやら突き飛ばされ、壁に頭を打ったらしい。

——なんてことをするの！

「大丈夫ですか！」

頭を打ったロッテの前に膝をつき、揺すらないよう慎重に顔を覗き込む。

そのとき、不意に乱暴に髪を引っ張られた。たまらずにエリィは尻餅《しりもち》をつく。

「お前がこの家に入り込んだドブネズミね」

そう吐き捨てたチチェリアは、平凡なエリィよりもはるかに美しかった。

アンジェロに似たふわふわした金の髪に、ぱっちりとした青い目。だが、春のバラのような可憐な容姿をしているのに、チチェリアの行動と口調は乱暴すぎる。

戸惑うエリィに、チチェリアは言った。

「自分の立場もわきまえずに兄様の婚約者を名乗るなんて。いくら『お飾り』の雇われ婚約者だとしても、ドブネズミが未来の私の旦那様の周りをうろつくのは不快なのよ」

髪が何本か抜ける音がした。士官学校ではかなりしごかれたが、髪を摑んで引きずり回されたことなどない。こんなものはただの暴力だ。

――この方、皇女様のくせに目下の者をいじめ慣れているみたいね。もしかして日頃から周囲の侍女や使用人に同じことをしているのかしら。

痛みをこらえてエリィは立ち上がり、無理矢理チチェリアの腕を払いのけた。やはりエリィより非力だ。ただ乱暴なだけだったらしい。

「無礼者！」

すかさず平手が飛んでくる。腕で止めると、チチェリアが舌打ちして、勝手にエリィの私室に駆け込んでいった。

――なんなの？　部屋をめちゃくちゃにしないでほしいんだけど。

不安を覚えつつ、エリィはロッテの傍らにもう一度かがみ込む。

「大丈夫ですか、頭を打ちましたか？」

「え……ええ、大丈夫でございます。それより、エリィ様の宝石が……」

「私の宝石？　そんなことよりお医者様に見てもらいましょう」

「いけません、本当に宝石が……」

エリィは少し考え、首を横に振った。

「貴女の怪我のほうが心配です。誰かいませんか！」

廊下に顔を出すと、青ざめた侍女たちが何人も立ち尽くしていた。チチェリアが怖くて部屋に入ってこられなかったに違いない。彼女に不敬罪だと断じられたら、どんな目に遭わされるかわからないからだ。

「ロッテさんが怪我をしたんです。頭を打っています。できるだけ揺らさないようにここから運んで、お医者様にお見せしてください」

そう言うと、侍女たちは頷き、ロッテを数人がかりで支えて控えの間を出ていった。

ロッテが無事助け出されたのを見送って、エリィはチチェリアを追う。そして異様な光景を目にして凍りついた。

――嘘……皇女様が私の宝石箱の中身を勝手に見ているなんて……。

エリィはぞっとして立ち止まった。

今日もロッテが『気分転換に』と宝石箱を置いていってくれたのだ。チチェリアは、ギラギラした目でエリィの指輪を次々に指にはめていく。

何かの冗談だろう、と思ったが、本気で持っていく気らしい。

エスマール帝国の皇女殿下が人の物を、しかもハーシェイマン大公家の所有物を勝手に持ち出そうとするなんて信じられなかった。

アンジェロが無事に帰ってきたら、大問題になるのではないだろうか。

「これも、これも、全部私の物になる予定なのよ」

チチェリアがうわごとのようにつぶやいている。不気味すぎて、どう声をかけていいのかわからない。だが曲がりなりにも相手は皇女殿下だ。ただやりたい放題を許すしかないのだろうか……。

宝石箱の中身を漁《あさ》っていたチチェリアが振り返った。

「勘違いしないでね、虫けらの分際で」

美しい青い目が憎悪を込めてエリィを睨みつけている。

「アンジェロ兄様が貴女と婚約者のふりをしているのはね、私が兄様にちょっとしつこくしすぎて怒らせたからよ。謝れば許してくれるに決まっているわ」

何も言えないエリィにチチェリアが歩み寄ってきた。

「そういえばね、アンジェロ兄様っていろんな毒を作るのがお好きなの」

エリィは無言で拳を握りしめた。

「私も兄様に喜んでほしくて、色々な毒薬を取り寄せてみたのよ」

そう言ってチチェリアが、ドレスの隠しポケットから小さな香水瓶を取り出す。

「これはハデシュっていう名前の毒なの。属国から取り寄せたのよ。害獣を簡単に駆除できるのですって」

——香水瓶なんて、作りが甘くてすぐに中身が漏れてくるじゃない。そんな液体を入れたら危険に決まっているのに。

エリィは身がまえつつ後ずさった。

——でも……下手に私が逃げ出して、廊下にいる侍女たちに皇女殿下があの毒を吹きかけたりしたら大変なことになりそう。どうしよう。

追い詰められ、ためらった隙に、チチェリアがすぐ側まで歩み寄ってきた。

——そんな危険な毒……本当に吹きつけてきたりしないよね？

「目障りなのよ、ドブネズミ」

チチェリアの目は据わっていた。

「刺客を送ろうにもお父様の監視が厳しくて無理だし、兄様からは二度と家に来るなって言われてしまうし。だから、兄様がお仕事の間に一人しか護衛を連れずに来たの。皇女の私が侍女も連れずによ？　どんなに大変だったと思う？」

この皇女は明らかにおかしい。エリィの背に冷や汗がにじんだ。

「私は皇女だから、大公家に入り込んだ無礼な女に『香水』を吹きかけたくらいでは罰されないわ」

そう言いながらチチェリアがエリィに向けてかまえた。

――まずい……！

顔を背けた瞬間、首筋に冷たい霧がかかる。その霧を吸ったつもりはないのに、ずきんと鼻の奥が痛んだ。

――なにこれ……？

すさまじい喉の痛みで、エリィは咳き込みながら膝をつく。

まずい。かなりまずい。

咳が止まらず口元を拭うと、手の甲が真っ赤に染まっていた。血を吐いたのか鼻血なのかわからない。鏡を見ようと立ち上がろうとして、エリィはそのまま床に倒れた。

身体が動かない。喉が激しく痛み、息をするのも苦しくなってきた。

「あら、ずいぶんな効き目。ではごきげんよう。アンジェロ兄様の花嫁になるのは私なのよ。大公妃の地位を汚したことは絶対に許さないから」

チチェリアの捨て台詞《ぜりふ》が妙に間延びして聞こえる。

――苦しい……痛い……！

声が出ない。誰かに助けを求めようと床を這うが、力尽きた。エリィは焼けつくような喉の痛みに倒れ伏す。

――何これ、本当に死ぬんじゃ……。

目の前が曇ってきた。息がうまくできない。倒れ伏したエリィを無視して、チチェリアが再び宝石箱を漁り始めるのがわかった。

——もう駄目かも。

エリィは最後に薄目を開ける。好きなだけ宝石を盗んだらしいチチェリアが、思い切りかかとの高い靴でエリィの腹を踏みつける。

「あら嫌だ。薬が漏れているじゃない」

目の前に香水瓶が転がった。捨てて帰るらしい。

「早く手を洗わなくちゃ。吸い込んだら危ないわ」

——ふざけないで、脚をどけてよ、泥棒……。

しかし、息が苦しくて踏まれて痛いどころではない。自分の身体がどうなっているのかもわからないまま、エリィは意識を失った。

◆

皇帝からの連絡で、特殊行動班を出動させたのは三日前。

麻薬組織の幹部の数名が皇帝騎士団の武器を奪おうとして、王都の外れの武器庫の一つに襲撃をかけてきたのだ。

『任務』はようやく終わった。やはり麻薬組織の内輪もめで分裂が起きていたのだ。

——武器庫を狙ってきたということは、分裂した奴らには組織からの武器が渡っていないのだろう。あとは陛下と組織の長の間で落としどころが決まる。多分、裏切った幹部とその部下を処分して手打ちになるだろうな。海に死体がいくつ浮かぶやら。

アンジェロはそう思いながら、宵闇騎士団の天幕の一つに向けて歩いていった。

これまでに『アンジェロ・ハーシェイマン』や他の団員たちを襲ったのも、宵闇騎士団に痛打を食らわせ、麻薬組織の力を誇示しようとする一派だった。

おそらく『目立たずに、皇帝と癒着したまま大金を稼ぎたい』と考える首領とはそりが合わなかった一派なのだろう。

だが刺客はアンジェロ率いる特殊行動班が全員返り討ちにしてしまった。

——もしかして、そのせいで離反組がやけを起こし、決起して武器庫を襲ったのかな？　だとしたら、彼らは選択肢を間違えたのだ。『協定』を破られた皇帝は激怒する。組織の首領も反乱分子の存在を許さないだろう。

そう思いながら、アンジェロは天幕の入り口をくぐった。中には一人の男が転がされていた。右手の肘から先がない。傍らにはアレスがかがみ込んでいる。

「生き残った中で、自白剤を試していないのはこいつが最後か」

アンジェロは縛り上げた男の髪を鷲摑《わしづか》みにして顔を覗き込み、アレスに尋ねた。

「毒は？」

「例のごとく奥歯にあった」

アレスの答えに頷くと、アンジェロは片手に持ったままの瓶の栓を親指で倒す。口の開いた瓶を男の唇に押しつけると中身を一気に流し込み、身体を仰向《あおむ》けにさせた。転がされた男がむせて咳き込むのを無表情に見守り、アンジェロは言った。

「少量、体内に入ればいい」

男の切断された右腕はきっちり止血され、感染を防ぐために油紙で処置してある。この男の腕を切り落としたのも、命を助けたのもアンジェロだ。アンジェロに腕を治療されたとき、男はうわごとを口走りながら失禁していた。

気が弱いことだ。新手の拷問が始まるとでも思ったのだろうか。

「十五分後に訊問《じんもん》を開始しろ。痙攣が見られたら中和剤を飲ませてくれ。僕はうちの班の怪我人を見てくる」

「医者に任せて、お前はエリィちゃんのところに帰れよ」

「エリィをちゃん付けで呼ぶな！」

「やだね！」

幼少時からアレスの口の利き方も無礼さも一切直らない。

あの恐ろしいサヴィーが本気で怒っても変わらなかった。

アレスは貸してあげた本を枕に寝ていたり、アンジェロが一生懸命試作した焼き菓子を一人で全部食い尽くしたりと、昔からどうしようもない『乳兄弟』だが、正反対の性格だからこそ、今日までうまくやってこれたのかもしれない。

――エリィに馴《な》れ馴《な》れしいのは腹が立つな。

だが、アンジェロが怒れば怒るほどアレスは面白がるのだ。この辺で我慢しよう。

「……それに、まだ帰れない。僕は特殊行動班の責任者だ」

「お袋に怒られるんだよ、お前を長く連れ回すとよ」

「ならば訊問を急げ。全員が自白した内容が一致すれば陛下に報告できる」

そう言い置いてアンジェロは天幕を出ようとした。そして、ふと気づいてアレスを振り返る。彼がおとなしく天幕にいることに違和感を覚えたからだ。

「アレス、お前、怪我はしていないな？」

「してるぜ」

男の前にかがみ込んでいたアレスが立ち上がり、勢いよく服をまくり上げる。出血は止まっているが、脇腹にかなりの深さの裂傷が走っていた。

「かすり傷だろ？」

アンジェロはため息をついた。この班の人間は我慢をする者が多い。野生動物と一緒で『弱みを見せたらやられる』と本気で思っているのだろう。

「ああ、かすり傷のようだな。ここで今すぐ縫ってやる」

アンジェロは両手の肘まで消毒薬をかけ、ついでにアレスの傷口にもぶちまける。やせ我慢好きのアレスは立ったまま、歯を食いしばって縫合に耐えていた。

「偉い、よく我慢したな」

「うるせえ……この野郎……」

多分、ありがとうという意味だろう。アンジェロはアレスの口に消炎剤と鎮痛剤を押し込んで『訊問を続けろ』と命じ、怪我人がいるはずの別の天幕へと向かった。

——みんなの『大丈夫です』は、これっぽっちも信用ならん。

駆けつけてきた医者たちを手伝って怪我人の手当てをし終えたあと、アンジェロは訊問結果をとりまとめ、動ける者を連れて宵闇騎士団の本部に戻った。

——陛下に報告書を書こう……。

アンジェロは特殊行動班の自席に腰掛け、黙々と手を動かした。一緒に帰ってきた班員の一人が、気配もなく近づいてくる。

「ねえ、閣下」

「今は忙しい」

「エリィちゃん、三日も放置して大丈夫ですか？」

「出かける理由を説明してきた。特殊行動班の責任者として出勤せねばならないと」

「それだけ？」

「放置もしていない。信用できる人間たちを側に置いてきている」

異様な沈黙が部下との間に蟠る。アンジェロは切りのいいところまで報告書を書き上げ、傍らに立っている部下を見上げた。

「どうした？」

「ヤバい、閣下、絶対ヤバいっすよ、それ。エリィちゃんは絶対泣いてる……」

――泣いている……？　エリィが……？

だんだん頭が『非常時』から『日常』に戻っていく。

「なぜそう思うんだ？」

「だってエリィちゃん、閣下が平気な顔で人間斬り飛ばすなんて知らないし」

至極当然の指摘をされ、アンジェロはやや青ざめた。

「……そういえば、そうだな」

剣が使えることを誇示する必要はないと思っていたが、エリィは『かよわい恋人が危険な戦いの場に出向かされた』と思っているかもしれない。というか、思っているだろう。今頃気づいたが、間違いなく思っている。

「別にエリィちゃんの前で人間解体しなくてていいですけど、つか、しちゃ駄目ですけど、戦っても大丈夫なんだよって説明してあげました？」

「していない」

頭を抱えたくなった。エリィが心配しているかもしれないと思うと、心が痛い。

どうして自分は一つのことに夢中になると他が見えなくなるのだろう。

「じゃあ帰りましょう。俺も帰りますんで」

「だが、今日中に報告書を皇宮に持って行かねば」

部下が手を伸ばし、アンジェロからペンを取り上げた。

「そんなにくそ真面目に報告書を急いだって意味ないです。皇帝陛下がご覧になるのは後日ですよ。だってもうすでに、口頭で使者が報告したでしょう？　はい、帰って。いつもみたいに全力で走って帰ってください、閣下」

部下の言葉にアンジェロは頷いた。

「そうだな、忠告ありがとう。お前たちも早く帰……」

言いかけたとき、突然特殊行動班室の扉が開いた。駆け込んできたのは、ハーシェイマン大公家の侍従だった。

「エリィ様が倒れられました！」

何を言われたのかわからず、アンジェロは無言で侍従を見上げる。

「こ、こちらに侍医殿からお預かりした詳細が」

青ざめた侍従が紙を差し出す。見ると、大公家の侍医の文字でこう走り書きされていた。

『ハデシュの毒（濃度不明）が噴霧されたものを吸引し、鼻と口から出血し昏倒《こんとう》、意識が戻らず。喉をかきむしるため手を拘束。瀉血《しゃけつ》したが容態に変化なし』

読みながら何も考えられなかった。

何かの間違いだろうとしか思えない。

ハデシュが致命的な毒であることは知っている。解毒剤は存在しないことも。

ただし血液中に入った毒は半日ほどで無害な別の成分に変わるため、害獣の駆除に用いられてきた。

ハデシュを使えば毒が残らず、殺した獣の毛皮や肉が利用できるからだ。

――本当にハデシュの毒を使われたのであれば、もう死んでいる。

アンジェロの知識は当然の答えを突きつけてきた。

猛烈に気分が悪くなり、身体中が冷たくなっていく。

「どうしたんですか？」

普段ヘラヘラしている部下が、戦場にいるときと同じ真剣さで尋ねてきた。

青ざめているアンジェロの手から紙を取り上げ、目を走らせると、乱暴にアンジェロの腕を引く。

「侍従さん、あんたは馬車で来たんだよね？」

「は、はい！」

「閣下、急いでお屋敷に帰りましょう！　ほら、閣下、しっかりしてくださいよ！」

部下の声で我に返り、アンジェロは椅子を蹴倒して立ち上がった。


そのあと、どうやって屋敷に戻ったのかよく覚えていない。

頭に包帯を巻かれたロッテが『夫が皇宮に行っている間に、第六皇女殿下が……』と説明してくれたが、内容をうまく咀嚼できなかった。何か指示を出したが覚えていない。たしか、皇宮に抗議しろと言ったのだったか。

エリィは、両手に包帯を巻かれ、寝室で寝かされていた。

かった。

「まだ息がございます」

付き添っていた侍医がアンジェロを振り返る。エリィの顔は腫れ上がっていて、呼吸は浅
——どうして……。

アンジェロは崩れ落ちるように枕元の椅子に腰を下ろす。

彼女が呼吸を続けている様子を呆然と見守っていたら、いつの間にか朝になっていた。

頭が石のように重い。

エリィの実家には、朝一番に彼女の容態を知らせた。何が起きたのかも余さずに報告した
ので、もうすぐクレイガー夫人がやってくるはずだ。

——どうして……どうしてこんなことに……。

アンジェロは冷え切った手で、エリィの包帯が巻かれた手を握りしめる。

エリィは時折苦しげにうめくだけで、目を覚まさず、呼びかけにも一度も反応しない。

身体が引き裂かれる思いとは、このことを言うのだ。

頭の片隅でそう思いながら、アンジェロはひたすら瀕死《ひんし》のエリィに寄り添い続けた。

「エリィ様が生きておられるのは奇跡です。通常であれば数分以内には……」

侍医が言葉を濁し、言葉を続けた。

「恐れながら……皇女殿下が所持しておられた毒が劣化していたのでしょうか？　もしくは
濃度が極めて薄かったとか」

『皇女』という言葉を聞いた瞬間、これまでに感じたことのない冷たい怒りがアンジェロの身体を駆け抜けた。

あの女がエリィに毒を吹きつけたのだ。

血が出るほどに拳を握りながら、アンジェロは答えた。

「ハデシュの毒素は、哺乳類の体内に入らない限りは基本的に変質しません。保管方法が悪い程度では、毒は弱まらないはずです。それに粘膜から出血していたということは、水同然まで薄まっていたとも考えにくいでしょう」

アンジェロは握ったままの拳を強く額に押しつけた。

本当にこんな知識がなければよかったのに。毒の怖さを知らずに、エリィはよくなるかもしれないと無邪気に信じていたかった。

もし奇跡が起きて目が覚めたとして、彼女は元のように暮らせるのだろうか。

暮らせないとしても必ず守るけれど、猛毒にあたった苦痛はずっと消えないのではないか。

そう思うと辛くてたまらない。

人殺しの自分が、この毒を引き受けられたらよかった。エリィはまだ十八歳で、人を傷つけることすらしてこなかった優しい娘なのに。

どうしてあのおぞましい皇女が、皇帝や自分の言葉を無視してこの屋敷に入ってきたのだろう。特権階級であることを好き放題利用して、アンジェロの一番大事なものを傷つけたのだろう。

エリィのために用意した宝石も山ほど盗んでいったと聞いた。

あんな人間を、なぜ生かしておく必要があるのだろうか……。

「アンジェロ様」

サヴィーの声が聞こえ、アンジェロは振り返った。

「皇太子殿下がお見えになりました」

おそらく、父帝に命じられ、チチェリアのしでかしたことを丸く収めに来たのだろう。

「会わない」

アンジェロはそう吐き捨てて、エリィの額に手を当てた。熱い。喉にはかきむしった痕が赤く残っていて可哀想で仕方がない。手の包帯はこれを抑えるために巻いたのだろう。

「お会いできるまで何時間でも待つと」

「会わないから無駄だと伝えろ！」

声を張り上げ、アンジェロは立ち上がった。

どうせ、皇帝はチチェリアをかばうのだ。そう思うと、ただ悔しかった。

——謝罪なんて一生受け入れない。僕が直接あの女に引導を渡してやる……。

「アンジェロ様、どちらに」

「皇宮に行く。クレイガー夫人がおいでになったら、すぐに戻るとお伝えしてくれ」

アンジェロは乱れた髪を三つ編みに結い直し、上着を羽織って部屋を出た。

エリィの容態に変化はない。しばらくは小康を保つだろう。

いつチチェリアが父帝を誤魔化して、安全な場所に雲隠れするかわからない。遠くの離宮にでも引きこもられたら、『復讐《ふくしゅう》』が困難になってしまう。

アンジェロは調合室に立ち寄り、事前に用意していた大きめのワイン瓶を手にした。

過去に、母がアンジェロに贈ってくれた子供用のタイピンをチチェリアに盗まれた。

これは、そのときに彼女を本気で憎悪して作った『薬品』だ。

――僕の世界を踏み荒らして汚して……皇帝陛下の手前なんとか見逃してきたが、もう二度と許さない。

アンジェロは屋敷を出て、馬車で皇宮に乗り込む。

早朝に突然大公家の馬車が乗りつけてきたため、衛兵たちが一斉に駆けつけてきた。

「ハーシェイマン大公閣下、いかがなさいました」

アンジェロはワインの瓶を手に持ち、衛兵を無視して歩き出す。目指すのはチチェリアの侍女たちが寝起きしている使用人たち向けの別棟だ。

誰一人『大公閣下』であるアンジェロを咎めようとはしなかった。

「チチェリアの侍女頭を呼んでくれ」

入り口で衛兵に告げると、一人が慌てて建物の中に駆け込んでいった。侍女頭はすでに着替えを済ませており、蒼白な顔でアンジェロの元に駆けつけてきた。

顔が腫れている。どうやら殴られたらしい。父に叱られて不機嫌なチチェリアが侍女たちに当たり散らしたに違いない。

アンジェロは氷のようにこわばった顔に、あえて明るい笑みを浮かべた。

「朝の忙しい時間に呼び出して申し訳ありません、夫人」

侍女頭が蒼白な顔で、深々と頭を下げる。

「今回の件は……姫様の監督責任者として、本当にどのようにお詫《わ》びしてよいか」

第六皇女の侍女頭は、名家の夫人だ。

だが、チチェリアの側では『乳母《うば》』が『付き人』として大きな顔をしている。

本来ならばチチェリアに一番近い使用人は侍女頭であるべきだ。

なのに侍女頭は、とっくに役目を終えた『乳母』に顎で使われて、日々屈辱的な扱いを受けていると聞いている。

「話があります。こちらへ」

アンジェロは侍女頭に声をかけ、人気のない庭の木の傍らに立った。

「大公閣下、婚約者様の件、私をいかようにも罰してくださいませ」

「夫人を責めに来たのではありません」

そう言うと、侍女頭が驚いた表情で顔を上げる。

「相変わらずチチェリアは乳母にかばわれて、皇宮内に好き放題男を引きずり込んでいるのですか？」

侍女頭がびくりと肩を揺らす。

「乳母が手引きしているのでしょう？」

「か、閣下は、なぜそれを……」

「知っています。僕を誰だと思っておられますか？　彼女が『友人たち』の宝石を巻き上げて、一部を乳母の小遣いにくれてやっていることも把握しています」

アンジェロは宵闇騎士団の総帥だ。特殊行動班の中には、どんな場所にも入り込んで、機密事項を偵察できる人間がいる。

チチェリアの素行を暴くことなど簡単だった。

いつかつきまといが悪化したときのために備えて握っていた情報が、こんなときに役に立つなんて……。

『貴族の男では『あれ』が物足りない、野蛮な庶民に抱かれたい』

チチェリアはそう言って毎夜とっかえひっかえ、たくましい男を咥え込んでるらしい。もちろん、抱いた男たちの身元などろくに調べてもいない。

男たちも外見だけは美しいチチェリアを抱けるため、喜んでやってくるという。

乳母は、彼女の協力者だ。

チチェリアから膨大な量の宝石を受け取り、金に換える代わりに、身の回りを勝手に取り仕切り、なんでも彼女の我儘《わがまま》を聞いている。侍女たちをチチェリアから遠ざけ、めちゃくちゃな放蕩《ほうとう》を許し放題にしているのだ。

皇帝は何度か『乳母から離れ、侍女頭の顔を立てろ』とたしなめたらしい。

だが『ばあやがいいの』とチチェリアに甘えられ、このような本来ありえない上下関係を許してしまったようだ。

チチェリアが乳母に渡している宝石の出どころは、父母や姉にねだったものだけではなく、『子分』の令嬢たちから巻き上げたもの、貴族の家に招かれたときにくすねたものである。

貴族たちも、もちろんやられっぱなしではない。

まともな家の者は、自分の妻や娘とチチェリアが付き合うことを嫌がっている。

今ではもう、ほとんどの人間がチチェリアをお茶会やパーティに招きたがらないし、逆にチチェリアから招かれても、銀製の安物の飾りを身につけて出席しているという。

乳母は皇帝に『姫様はいじめを受けている。人を招いても皆、嫌がらせで、みすぼらしい格好でやってくる』と嘘の報告をしているため、皇帝はますますチチェリアをかばおうとしている状態だ。

第六皇女と関わった貴族は、皇帝のことまで嫌い始めている。

——陛下は、チチェリアが絡むとまったく駄目だ。病気に近い。

「貴女はチチェリアに命じられて、栄養剤と偽って避妊薬を買い入れていますね？」

チチェリアの薬の管理は侍女頭のみが行う。

彼女はおそらく『私が妊娠したら、責任を取らされるのは侍女頭の貴女だ』と脅され、避妊薬を用意させられているのだ。

その証拠の領収書は、部下が一枚盗んできてくれた。

「もしそうであれば、恥ずべきことだと認識なさってください」

「……っ、申し訳……ございません……」

不正行為を指摘された侍女頭が、震えながらアンジェロに頭を下げた。

だがアンジェロの目的は、侍女頭を責めることではない。アンジェロは別の質問を投げかけた。

「ところで、乳母の専横は目に余りますか？」

「は、はい。チチェリア様は、私どもをまるで下働きの女のように扱い、乳母殿を侍女頭のように遇しておられます。夜も、ご自分の寝台に若い下女を寝かせ、自分は男に抱かれにひっそりと客間にお出ましになる状態で」

——僕の部下の報告と、同じ状況だな。

アンジェロは頷き、侍女頭に言った。

「夫人と配下の侍女たちで、一斉にお仕事をお辞めになってはいかがでしょう」

侍女が一人もいなくなれば、チチェリアが皇宮から逃げ出す恐れはなくなる。

下女たちはあくまで皇宮という『場所』で働く者だ。チチェリア個人に付き従い、僻地《へきち》でも世話を焼いてくれるのは、下女よりも上位の『侍女』だけだからだ。

「侍女の職を……退く……のでございますか？」

虚を突かれたように、侍女頭がアンジェロの言葉を繰り返す。

「ええ、陛下に理由を問われたら、今回の『殺人未遂』で愛想を尽かしたとおっしゃればよろしい。さらに理由が必要ならば『乳母の専横のもとでは働けない』と言えばいかがでしょうか？　チチェリアを見捨てるならば、今が最高の好機ですよ。ずっとそうなさりたかったのではありませんか？　陛下のご不興が気になって、実行に移せなかっただけでしょう？」

そう言ってアンジェロはワイン瓶を侍女頭に差し出した。

「これは避妊薬と同じ味がする、ただの栄養剤です。チチェリアが秘密裏に用意させている避妊薬をこれとすり替えてください」

アンジェロが微笑みかけると、侍女頭が大きく目を見開いた。

おそらく、アンジェロが何を言わんとしているのか理解したに違いない。

『愚かなチチェリアをこの皇宮に閉じ込めて、孕《はら》むまで乱行を続けさせろ。まともな侍女たちから愛想を尽かされた皇女に仕立て上げろ』とアンジェロは言ったのだ。

侍女頭はゆっくりと手を伸ばし、アンジェロの差し出したワイン瓶を受け取った。

未婚の皇女の妊娠は大醜聞である。

堕胎するにも『医者を呼ぶには必ず皇宮の許可が必要』だ。正式な手続きを踏めば、チチェリアの汚らわしい行為は白日の下に晒される。

一方、得体の知れない闇医者を呼び、どこかに隠れてこそこそ処置をして、最悪命を落とす羽目になったとしても、それはアンジェロの知ったことではない。

それにもし『不幸にも』孕まなかったとしても、侍女たち全員が一斉離職したというだけで、社交界では悪い噂の種となるだろう。

高貴な女性にとっては、気位の高い侍女たちをいかに遣うかが才覚の示しどころだからだ。

チチェリアは『身分の高い貴婦人として無能だった』という評価になる。

そしてチチェリアが殺人未遂を犯し、ハーシェイマン大公を激怒させている今は、皇帝も『侍女の一斉離職』を止められない……。

アンジェロの言葉に、侍女頭は歪んだ笑みを浮かべた。

どれほどの不満を長年ためてきたのだろう。そう思わせる笑みだった。

「ありがとうございます、ご助言に感謝いたします、閣下」

ワイン瓶をうやうやしく捧げ持ち、侍女頭は頭を下げた。

――本当はあの皇女を殺してやりたい。エリィはもう目覚めるかもわからないのに……。

どうしようもないほどの怒りがこみ上げてくる。

だがチチェリアごときをつぶすためにこれ以上時間を使っている場合ではない。早くエリィのもとに帰らなければ。

「では。うまく動いてくださいね」

アンジェロは辞去の言葉を告げると、侍女頭に背を向けた。

第六章　雑草育ちでよかったです

――痛い……！　もう勘弁して、なんでこんなに喉が痛いの？

エリィは咳き込みながら目を開けた。

豪奢な天井が見える。息苦しいし、喉は痛いし、最悪の目覚めだった。顔も腫れぼったいままだ。口の中も乾ききっている。

チチェリアに吹きつけられたおかしな霧のせいで、倒れたことを思い出した。

――水が飲みたい……。

エリィはそう思いながら、火照ってごわごわする顔を押さえようとしてぎょっとなった。手が指先まで、包帯でぐるぐる巻きにされている。

――何これ、両手とも包帯？　誰かにほどいてもらわないと。

状況はよくわからないが、体調は大分よくなったと思いながら起き上がったとき、母の声が聞こえた。

「あら、エリィ。貴女が大変な状況と聞いて飛んできたのだけど、起きて大丈夫なの？」

エリィは驚いて母の顔を見上げた。

母を呼ぶなんて大袈裟だと思ったが、とりあえず自由を求めて訴える。

「おがあざん……うがいしたい、から、これとって……」

ひどい声だと思いながら、きょとんとしている母に両手を差し出す。

母の背後に立っていたロッテが「ああっ！」と声を上げ、部屋を飛び出していった。

――ロッテさん、どうしたのかな？

不思議に思いながらも、母に両手の包帯をほどいてもらう。手が自由になってほっとした。

「なあに、この包帯。それに首もどうしたの？」

母の言葉で気づいた。たしかに首がヒリヒリする。

「わがんないけど……首は引っかいちゃった……みだい……げほっ」

「顔も腫れてるじゃない、昔、草にあたったときみたいね……大丈夫……？」

母の言うとおりだ。このパンパンの顔になんとも言えない気分の悪さ。覚えがある。

「そうだよねえ……わだしも……そう思う……」

触ってみるとひどく顔がゴワゴワする。涙を流し続けていたらしく、目の周りもベタベタだ。

「涙で余計かぶれてしまうわ、顔拭いてあげましょうか？」

「ううん、いい、洗ってくる……うがいもしたいし……げほっ……」

エリィは寝台を下りて立ち上がった。

多少ふらつくが、いつもどおりに動ける。ゆっくり歩いて洗面所に着いた刹那、急に違和感を覚えた。

――う……鼻の奥が気持ち悪……鼻血が出そう！

慌てて洗面台にうつむくと、びっくりするほど大量の黒い血が鼻と口から出てきた。

エリィはぎょっとして、慌てて水を流し顔を洗う。

どうやら高価そうな絹の寝間着は汚れずに済んだようだ。

――なに……今の汚い黒い血は……。

不気味に思ったが、身体はとてもすっきりした。あんなに血がたまっていたから気持ち悪かったのかもしれない。

エリィはもう一度念入りに顔を洗い、鏡を覗き込む。

顔はところどころ赤くまだらになっているものの、涙を洗い流したおかげかそれほど腫れは感じない。首の引っかき傷も、軟膏《なんこう》でも塗っておけば治りそうだ。

口の中に血の味が残っているので、何度も繰り返しうがいをする。

「あーあーあー……あ、声出る、よかった」

声を出してみると、喉の痛みが和らいでいた。息苦しさも、もうほとんど感じない。

うがいが効いたらしい。エリィは足取りも軽く母の元に戻った。

「なんかいっぱい鼻血が出ちゃった」

「大丈夫？　気分は？」

「今はもう平気」

「貴女が倒れて大変だから、とにかく急いで来てくれと言われたのよ。もう、心臓が止まるかと思ったわ！」

エリィは笑って首を横に振った。

「そうなの？　ごめんね、お母さん。変な人に、変な薬をかけられて引っくり返っちゃったの。みんな心配しすぎたのかもしれないわ。でももう大丈夫……」

そのとき、部屋に男の人が駆け込んできた。初めて会う男性だ。白衣を着ているところを見ると、医者らしい。

「お立ちになってはなりません！」

駆け寄ってきた医者は、有無を言わさずエリィを寝台に寝かせると、引きつった顔で脈を確かめ始めた。

今気づいたが、手首の両脇が切られている。けっこう痛い。満身創痍《そうい》ではないか。

「私の手の切り傷はなんですか？」

「緊急事態ですから瀉血したのです。傷はすぐ塞がりますから」

言いながらも医者は真剣に脈を調べている。あまりの深刻な形相に、自分は重病人なのだろうかとだんだん不安になってきた。

喉を確かめられ、目を確かめられ、また脈を取られて、エリィはおとなしく診察が終わるのを待った。

「先生、お水が飲みたいんですけど」

「駄目です！」

「どうして？」

あまりの理不尽さにエリィは思わず問い返す。

「エリィ様は猛毒を吸引なさったんですよ。内臓が無事かわからないんです。私がいいと言うまでは絶飲食なさってください」

――そんな猛毒だったの……？　もう治ったし、ものすごくお腹がすいたけど。

絶望すると同時に、ぐうとお腹が鳴った。

医者が怖い顔でお腹を押さえる。だが痛くもなんともない。再度お腹が鳴って恥ずかしくなり、エリィは医者に言った。

「平気みたいです」

「駄目です」

エリィの部屋を、サヴィーやロッテ、侍女たちが代わる代わる覗きに来る。ロッテに至ってはサヴィーの胸に抱かれてわんわん泣いているではないか。

まるでエリィが目覚めたことが大事件ででもあるかのようだ。

寝台の反対側に腰掛けている母も、わけがわからず困惑した顔をしている。

――気まずいな。どうしてこんなに重病人扱いなんだろう。それにずっと何も食べさせてもらえなかったら空腹で死んじゃうかも……。

そのとき、すさまじい勢いで部屋にアンジェロが駆け込んできた。

「アンジェロ様！」

エリィは慌てて寝台に起き上がる。三日間も危ない仕事をしていたアンジェロをずっと心配していたからだ。

「エリィ！」

アンジェロに固く抱きしめられ、エリィは目を丸くした。

「ああ……エリィ……」

言葉にならぬとばかりに、アンジェロが声を殺して身体を震わせる。泣き出したアンジェロを、エリィは驚きながらも抱きしめ返した。

医者も他の人たちも『二人の邪魔をしない』とばかりに部屋を去っていく。母もそそくさと出ていってしまった。

人前で堂々と抱擁してしまった恥ずかしさで赤面しつつ、エリィは尋ねた。

「どうなさったんですか？」

「無事で……よかっ……」

アンジェロは嗚咽《おえつ》しながらエリィをさらに深く抱きしめた。

大の大人がこんなに泣くなんて、ただ事ではない。

——もしかして私、アンジェロ様が泣くほど恐ろしい毒を吹きつけられたの？　信じられない、あの皇女様は、どこかに閉じ込めておかないと危なくない？

はばからずに泣きじゃくっているアンジェロの背中を戸惑いがちに撫《な》で、エリィは優しい声で言った。

「大丈夫ですよ、私はもうなんともないです」

「夢なら、永遠に覚めたくありません」

「私たち、ちゃんと起きてます、現実ですって」

「そうか、よかった。愛しています、エリィ」

突然の愛の告白に、エリィは赤面する。

かぶれた顔がヒリヒリするのとは裏腹に甘い気持ちでいっぱいになり、落ち着きを失ってしまった。何度言われても慣れないものだ。

「わ、私、心配してたんですよ、特殊行動班と三日も行動なさるなんて」

「僕が悪かった。本当に愛しています……ああ……」

——恥ずかしいけど……しばらくこのままでいたいような。

そう思いながらエリィはそっとアンジェロの肩に頭をこすりつける。エリィの好きな優しい匂いが漂ってきて幸せな気持ちになった。

アンジェロは無事に帰ってきたのだ。それにどうやら、あの毒のせいで大変な心配をかけてしまったらしい。

——こんなに泣かせちゃってどうしよう。

アンジェロが泣きやむまで、エリィはずっと彼の広い胸に閉じ込められ続けた。

毒を吹きつけられてから丸一日が経ち、エリィの体調はすっかりよくなってきた。

だが絶食指示は解けないままだ。

空腹を紛らわすためにひたすら昼寝をしていたが、もうまったく眠くない。

――うう、アンジェロ様がいるのにお腹が鳴りっぱなしで嫌だ……。

アンジェロは昼寝の間もずっと枕元の椅子に座っていて、エリィが身動きするたびに本を閉じて毛布をかけ直してくれる。

「そんなに過保護にしなくて大丈夫ですよ」

だがアンジェロは頑として首を横に振った。

「あと一ヶ月は静養です」

「一ヶ月も？　本当に元気だから、もう一度ちゃんと診察してください」

エリィは抗議しようと起き上がったが、再びアンジェロに寝かしつけられた。

「お願いだから動かないでください。貴女に使われたのは間違いなくハデシュの毒だったのです。チチェリアが捨てていった香水瓶の中身でわかりました。身体は非常に危険な状態のはずです」

もしかして、アンジェロに言ったほうがいいのだろうか。びっくりするほど大量に汚い鼻血を噴いて、それ以降はすっかりよくなったのだと。恥ずかしくて切り出せなかったが。

しばらく迷った末、エリィは小声で告白した。

「鼻血がいっぱい出て、もう治りましたけど……」

「その血はどこにありますか？　見せてください！」

アンジェロが驚いたように顔を寄せてくる。

「と、とってあるわけないじゃないですか！　もう洗面所に流れていきました！」

「エリィ、口を開けて」

「恥ずかしいから嫌です」

「いいから！」

歯すら磨けていないのに、と思いつつ、エリィはアンジェロの勢いに負け諦めて口を開けた。アンジェロが顔を近づけて口の中を真剣に覗いてくる。枕元のランプを手にして念入りに何かを確認している。

――もう嫌！　こんなの恥ずかしすぎるんだけど！

「口の中の粘膜が綺麗で可愛いですね」

意味不明の褒め言葉と共にアンジェロがランプを置いた。

「もういいですよね！　喉はもう、ほとんど痛くないです！」

「うーん……なぜエリィの喉は爛《ただ》れてもいないのでしょう？　喉が一番ひどい状態のはずなのですが……」

「朝は痛かったですけど治ったんです。あの……じゃあもうお水飲んでいいですか？」

アンジェロはしばらく何かを考え込んだ末、立ち上がった。

「侍医に確認してきます」

エリィは諦めて横になった。起きているとますますお腹がすき、喉が渇くからだ。

――あ……そうだ、シェールさんからお預かりした手紙、まだアンジェロ様にお返事をいただいてないんだよね。帰ってきたら頼もうっと。

天井を見上げながらエリィはぼんやりと思った。

何分待たされたのだろう。かなりの時間が経って、ようやくアンジェロが戻ってきた。小さなカップを一つ、トレイに載せている。

――水差しは？　もう干からびそうなんだけど？

あまりの量の少なさに絶望しながらエリィは起き上がり、カップに手を伸ばす。

「一気に飲んでは駄目です」

アンジェロはカップを渡してくれなかった。見ればティースプーンが添えられている。枕元の椅子に腰を下ろすと、アンジェロはティースプーンで水をすくい、エリィに差し出した。

「侍医と相談して、蒸留水を作ってきました。ゆっくり舐めてください」

「それ、五杯くらい飲みたいです。本当に喉が渇いたんです」

訴えながらも素直にわずかな水を舐めた。涙が出るほど美味しい。もう一口もらおうと口を開けたが、アンジェロはじっと様子を見ているだけだ。

「五分後にもう一口飲んでみましょう」

――こんなんじゃ飲んだ気がしない……。

エリィはがっかりしつつ、アンジェロに言った。

「アンジェロ様、かなり前に私がパテンシアの侯爵令嬢から預かった手紙を、お渡ししていますよね。中身を確認していただけませんか？」

「なんでしたっけ？　すみません、手紙がありすぎて」

案の定、多忙なアンジェロは忘れているようだ。だがすぐにはっとした顔になる。

「エリィから直接預かったものでしたね。家に持って帰ってきたはずです、ちょっと待っていてください」

アンジェロはカップを置くと、部屋を出ていく。恨めしい気持ちでじっと水の入ったカップを見つめていると、アンジェロが大きな封筒を手に戻ってきた。

「エリィから預かったのは、どの封筒でしたっけ……」

中から大量の未開封の手紙が出てくる。アンジェロに届く手紙の多さに驚きつつも、エリィは預かったレース模様の封筒を指さした。

「これだと思います。シェールさんは、アンジェロ様にはわけあって面会できないから、手紙を渡すしかないんだって言っていました」

「僕に面会できない？　どういうことでしょう？」

言いながらアンジェロはナイフでシェールからの手紙の封を切った。不思議そうに手紙を読んでいたアンジェロが、驚いたように動きを止める。

「どうなさったんですか？」

アンジェロが動揺した表情のまま、手紙を封筒に戻す。そして困り果てたようにため息をついた。

「四つの時に別れた母親が、今、帝国にいるから僕に会いたいと……」

「えっ……？　どういうことですか……？」

そういえば、アンジェロの母の話は一度も聞いたことがない。

父親がアンジェロに対して常識外れに厳しかったことと、八年前に亡くなったことしか知らなかった。

「この手紙は、僕の母が再婚相手との間にもうけたお嬢さんからの手紙なのです。僕の父は昔から被害妄想がひどくて、なんの罪もない母に様々な難癖をつけ、無理矢理家から追い出してしまったのです」

「難癖……ですか？」

「ええ、母が子育てしていないとか、浮気をしているに違いないとか、心を傷つけるようなことをたくさん言っていたそうです。そのとき僕はまだ四つで、傷つけられている母の助けになれませんでした」

あまりのことにエリィは言葉を失う。

もし本当の話なら、アンジェロの母もアンジェロも、どちらも気の毒すぎると思った。

四歳の子が母親と引き離され、歪んだ父親の元にひとりぼっちにされるなんて。アンジェロの母もどれほど幼い我が子を案じたことだろう。

「すみません、エリィもこの手紙を読んでくれませんか？」

エリィはシェールが書いた手紙を受け取り、目を走らせた。

そこには、こう記されていた。

『ハーシェイマン大公閣下。

初めまして。私はシェール・ディーエンと申します。閣下の異父妹に当たる人間です。このたびは母リズラインのことでお手紙を書かせていただきました。

母は、二十一年前、先代のハーシェイマン大公様と離婚した際に〝息子と生涯連絡を取ってはいけない〟という接見禁止命令を出されてしまいました。

そのせいで、これまで一度も閣下に手紙を書けなかったのです。

私は子供の頃から〝父親違いの兄がいる〟と聞かされて育ちました。

母がどんなに閣下を心配していたか、会えないことを悲しんでいたか知っています。

父の仕事の関係で帝国に来てから、母は〝アンジェロの姿だけでも見たい〟と嘆き、頻繁に床に伏すようになってしまいました。

すぐ近くにいるのに、先代様のご命令のせいで閣下に会えないからです。

私も父も、母が可哀想で、苦しい気持ちでいっぱいです。

どうか先代様の接見禁止命令を取り消し、母に会ってくださらないでしょうか。

母はずっと閣下のことを心配して生きてきました。母に閣下の元気な顔を見せてくだされば、それ以上に嬉しいことはありません。どうか、母への接見禁止命令を解いてください』

――なんてこと、こんな重要な手紙だったなんて。思い出してよかった！

エリィは読み終えて、アンジェロの顔を見上げる。

アンジェロは戸惑った顔でエリィに言った。

「僕は、父が出した命令のことを今、この手紙で知りました。母が一度も手紙をくれない理由は、新しい家庭を得て幸せだからだと思っていたのです。母は常に父に苦しめられ、辛い思いをしていました。だから、過去の嫌な記憶を忘れてほしくて、僕も一度も手紙を書きませんでした」

そこまで言って、アンジェロは悲しげにうつむく。

「それに……僕と再会しても、母は喜ばないかもしれません。僕は、父に似すぎているので、母に辛いことを思い出させるだけかもしれないんです……」

言い終えたアンジェロは苦しげな顔をしていた。

――ああ、そんなにひどい人だったんだ、アンジェロ様のお父様は。

エリィの脳裏に、今もひどく壊されたままのアンジェロの部屋が思い浮かぶ。

どうしようかと一瞬ためらったが、エリィは腹を決めて、話を切り出した。

「アンジェロ様のお父様って、アンジェロ様のお部屋をあんなに狭い場所に決めて、めちゃくちゃに壊した方なんですよね？」

「……僕の部屋がおかしな理由をご存じでしたか。サヴィーに聞きましたか？」

エリィは頷き、アンジェロに問い返した。

「お手紙の話の前に教えてください。どうして今もあの部屋をお使いなのですか？」

「父と同じ人間にならないためです。抗えない僕に嬉々《きき》として暴力を振るう父のことを思い出しながら、ああはなるまいと己に言い聞かせるためなんです」

――なんで、そんなに自分を罰するような生き方をなさるの？　アンジェロ様と先代様は別の人間なのに。

エリィは、サヴィーに見せてもらった先代大公の肖像画を思い浮かべた。

確かに顔立ちはよく似ていたが、描き込まれていた先代の『雰囲気』は、アンジェロとはまるで違っていた。

あの絵を描いた人間はとても素晴らしい腕の持ち主だったのだろう。先代の絵ははっきりと『アンジェロとよく似た顔の別の人間』として描かれていたのだから。

「父と僕は生き写しでしょう？　ですから、自分でも時々気持ちが悪くなってしまうのです。いずれは父と同じようなものになってしまうのではないかって」

アンジェロの顔色は冴えない。ひどく気分が悪そうだ。

「すみません。この話をすると、どうしても父のことを思い出してしまって」

そう言ってアンジェロが額の脂汗を拭う。

――……きっと、すごくお父様に傷つけられたのね。

やるせない気持ちを覚えつつ、エリィはおそるおそる答えた。

「サヴィーさんに案内してもらって、先代様の肖像画は拝見しました。ですが、アンジェロ様と先代様は似ていませんでしたよ」

エリィがそう言うと、アンジェロが心底驚いたように目を丸くする。

「僕と父は同じ顔ですよ。声も身体つきも何もかもそっくりなんです」

そう答えたアンジェロは、ひどく頑《かたく》なな表情だった。

どんなに丁寧に言葉を選び『貴方《あなた》は父親に似ていない』と丁寧に伝えても、アンジェロの心には響かなそうだ。

もっと率直な表現で伝えてみよう。『少なくとも私は貴方のほうが好きだし、貴方の味方だ』と。

エリィは勇気を出して口を開いた。

「うーん……私、先代様は好みじゃなかったです。アンジェロ様の顔は好きなのに」

信じられない言葉を聞いたかのようにアンジェロが瞬きする。

どうやら少しは『説得』できそうだと思い、エリィは続けた。

「アンジェロ様のほうが断然格好いいですよ」

「僕のほうが格好いい……？」

「はい。私、アンジェロ様の肖像画があったら持ち歩きたいほど好きですけど、先代様は別に……って感じでした。ごめんなさい、お父様のことを悪く言って」

「僕の肖像画を持ち歩きたい……？」

アンジェロが凍りついたままエリィの言葉の一部を復唱する。エリィはにっこり笑って頷くと、アンジェロの手に自分の手を重ねた。

「私、たぶん、『ジェイさん』に初めて会ったときに一目惚《ひとめぼ》れしたんですけど、もし『ジェイさん』が先代様だったら、まだ名前も覚えてなかったと思います」

「え……あ……え……あの……光栄です……僕が一方的に過剰に度を超して好きすぎるのかと思っていましたので、本当に光栄です」

アンジェロがみるみるうちに赤くなっていく。

「一方的なんて、そんなわけないじゃないですか」

寝台を降りてぎゅっと抱きつくと、アンジェロの身体が熱くなったのがわかった。

やはりアンジェロはどんなときも可愛い。少なくとも、エリィにとっては。

——なんとか、うまく気持ちを変えていただけそう……かも？

そう思いながら、エリィは腕の中のアンジェロに囁きかける。

「世界一好きじゃなかったら、『相性を確かめなきゃ』なんて思わないですし、夜中に襲いに行かないですよ」

「そ……そ……そうなんです……ね……僕が押しかけ亭主のようなものだと思っていたので驚きました……」

アンジェロの心臓がすごい速さで鳴っている。エリィはアンジェロの首筋に回した腕にそっと力を込めると、明るい口調で言った。

「でも実は、一個だけ嫌なところがあって」

腕の中のアンジェロが身体をこわばらせる。明るい口調を保ったままエリィは続けた。

「部屋が汚すぎる人は苦手なんです」

自分もたいして片付け上手ではないのに、と内心思いつつ、アンジェロのためだと心を鬼にして身体を離す。

「アンジェロ様の部屋が綺麗になったら、毎日遊びに行っちゃうかも」

そう言って、体を離してにっこり笑いかける。

彼があんなぼろぼろの部屋で暮らしているのは、長年積み重なった父親に対する負の感情のせいに違いない。

でも、エリィはアンジェロに少しでも快適に幸せに暮らしてほしい。あの陰惨な世界から抜け出してほしいのだ。

アンジェロが優しいことをエリィはよく知っている。

外見がよく似ていた父親が愚かな人だったとしても、アンジェロが苦しむ必要はない。自分で自分を傷つけ続けないでほしい。

そう願いを込めて見つめていると、アンジェロが形のよい唇を開いた。

「……では、今の部屋は昔どおりの客室に戻します。そしてまともな部屋を用意して、そこで寝起きするよう変更しますね」

予想を上回る速さで決断され、エリィは思わず吹き出してしまった。

「アンジェロ様って、いつも思い立ったらすぐ行動なさいますね」

「はい、恥ずかしながら、一つの目標に突っ走るたちなので。新しい部屋はすぐに整えます。

元気になったら部屋に遊びに来てください」

そう言ってアンジェロはエリィを抱き寄せた。

「新しい部屋は、貴女の肖像画で埋め尽くされた部屋にします！」

「えっ、何それ、やめてください」

気持ちを変えてくれたのは嬉しいが、そんな気持ち悪い部屋は嫌だ。自分の肖像画だらけの部屋なんて。

「どうしてですか？　せっかくですから好きなもので部屋を満たそうかと」

「本物がいるんだから、絵はたくさん飾らなくてもいいじゃないですか」

アンジェロはエリィの顔を覗き込んだあと、不意に美しい顔をほころばせた。

「……なるほど。貴女はこれからも、ずっと僕の側にいてくれるんですね？」

「そっ」

素直に返事をしかけて、エリィはたちまち真っ赤になる。

——これに答えたら、結婚を正式に決めたことになっちゃうのでは？

自分がアンジェロの心に『攻め込んでいた』はずなのに、またいきなり立場が逆転してしまった。前にも似たようなことがあった気がする。

アンジェロは優しいが、意外としたたかな男なのかもしれない。

「それは……」

ますます顔が熱くなってきた。

——まだ決めるのは早いかな……でも……別れを選ぶ理由なんてある？　ないかも。

しばしの戸惑いのあと、エリィは腹を決めて答えた。

「そう……です。だから絵なんて飾らなくていいです」

エリィの答えに、アンジェロがにっこりと笑う。

「わかりました。生身の貴女のほうが百倍素敵なのでそのほうが嬉しいです。さっそく結婚式のドレスを作り始めましょう。もう会場は押さえていますし、生地の発注も済ませているので、貴女の体調が回復したら、衣装を担当する者を家に呼びますね」

「い、いきなり話が進みすぎじゃないですか？　というか……もう会場押さえているってどういうことですか？」

「貴女に求婚するときに予約しておいたのです。エルター大聖堂は三年先まで予約で埋まっているので、交渉して枠を譲ってもらうのが大変でしたが」

「エルター大聖堂……？」

それは、皇宮の隣にある、真っ白で巨大でいかにも神聖そうな建物だ。

存在は知っているが、下級貴族には関係のない場所だった。

年に数回、大きなミサがあるときだけ庶民も出入りを許されるが、普段は宗教者たちや、侯爵家以上の上級貴族の冠婚葬祭に使われている特別な施設である。

「だ、大聖堂で、結婚式するんですか？」

「はい。僕の妃を最高の舞台で皆に自慢したいので」

アンジェロはきっぱりと頷いた。

「そんなの恥ずかしいです！」

全身に変な汗が噴き出した。アンジェロの審美眼は大丈夫なのだろうか。

「もっと地味で堅実な結婚式にしましょうよ」

「いいえ、大公妃のお披露目ですから絶対にエルター大聖堂でやります。ドレスも世界一の、最高のものにしましょう」

「どうしてアンジェロ様は変なところで派手好きなんですか？　私につけさせるジュエリーとか、とにかく派手なものをお選びになりますよね？」

「ありがとう」

なぜかアンジェロが照れながら嬉しそうに笑った。

「褒めてないですけど」

「僕は、愛する人に時間とお金と手間と、それから、うーん、とにかくすべてをつぎ込みたいんです。その結果、何もかも派手になってしまうみたいですね」

「どうして得意げな顔しているんですか？　褒めてないですからね？　宝石もドレスももういりませんから、これ以上買っちゃ駄目です。私の話、聞いてますか？」

「貴女が僕の奥さんになってくれるなんて……嬉しくてお説教が頭に入ってこないです、エリィ……」

言いながらアンジェロが抱きついてくる。

エリィは思わず笑ってしまった。アンジェロの、この若干とんちんかんなところが好きなのだから仕方がない。可愛いと思った時点でエリィの負けなのだ。

――アンジェロ様は優しい人だから、これからは私が守らなきゃ。

エリィはアンジェロに抱きしめられたまま、微笑んで言った。

「話を戻しますけど、パテンシアからいらしているお母様に手紙を書きませんか？　きっとすごく喜んでくださいます。絶対にお会いしたほうがいいです」

「そうですね。貴女が愛してくださった僕ならば、きっと父には似ていないはずです」

アンジェロはそう言って、エリィの頰に口づけた。


エリィが『奇跡の回復』を見せてから半月が経った。

――やっと普通の食事が許されるし、部屋の外にも出られる……！

猛毒を吹きつけられても無事だった理由は、侍医にも、その知人の医者たちにもよくわからないという。ともかく、体内の毒が分解され始める半日後まで生きていたのは奇跡だ、としか言われなかった。

『この子が小さい頃、貧しくて食べ物に困っていて、何度もおかしな植物を食べさせてしまったことがあるんです。それで植物の毒に慣れてしまったのかも』

母は侍医にそう説明していた。

昔住んでいたペーリー王国は本当に田舎で貧しく、みんなその辺の植物を食べていた。山菜やら、ハーブやら、実がなる謎の植物やら、多分芋だと思われる根っこやら。

だからみんな、しょっちゅう植物にあたっていた。次から気をつけると言って、懲りずに山や近所で何かを採っては食べる。その繰り返しだった。

豊かな帝都の暮らしからは、想像もつかないような毎日だったのだ。

とくに母は貴族の娘だったせいで何も知らず、よく変な植物を引っこ抜いてきた。

——お母さんは、本当に命がけで私を育ててくれたのよね。今の私が同じ状況だったら、お母さんみたいにたくましく生きられるかな？

『植物の毒に慣れている？　そんなことがありえるんですかね』

母の話を聞き、侍医は首をかしげていた。

——まあ、わからないけど……私は無事だから、それでいいわ。

何日もかけてエリィが回復していることを確認したあと、アンジェロは、実母と会う約束を取りつけてきた。

皇帝にかけ合い、亡き父が母に下した、理不尽な『接見禁止命令』を撤回したという。

近々、ディーエン侯爵一家が大公邸に招かれる。

アンジェロは、歓迎の菓子を焼くと張り切っていた。

彼の母からはさっそく手紙が届き『素敵なお嬢さんと婚約したという話を聞き、とても嬉しかった』と書かれていたらしい。

『母が僕の幸せを喜んでくれて、やはり嬉しかったです。これからは離れていても親孝行をしようと思います』

アンジェロはそう言っていた。

──可愛い人だな、やっぱり。

エリィはアンジェロの言葉を思い出し、微笑みながら夕暮れどきの庭に出た。

特殊行動班での仕事が心配だと言ったら『庭で剣の練習をしているところを少しだけ見せてあげる』と言ってくれたのだ。

だがそれも、ずいぶん渋られた。恥ずかしいのであまり見られたくないらしい。

──さて、アンジェロ様はどこで『練習』とやらをなさっているのかしら。

そう思いながら歩いていると、茂みから声が聞こえた。

「エリィ、こっちです」

『ジェイさん』の格好をしたアンジェロが笑顔で手を振っている。まくり上げた袖から覗く腕には無駄な肉一つついていない。

──やっぱり着痩せなさる体格よね、素敵……。

内心ドキドキしながらエリィは手を振り返し、アンジェロの元に向かった。

「体調は大丈夫ですか」

「もう、完全復活です。久しぶりに外に出られて嬉しいです！」

そう答えると、アンジェロが微笑む。なめらかな額にはかすかに汗が浮いていた。

「剣の練習を見せていただきに来たんですけど」

「ええ、わかりやすくなるよう準備しておきました」

アンジェロが木の台の上に立てて置いた丸太を指さす。かなりの太さだ。

——わかりやすくってなんだろう？　今から何をするの？

首をかしげると、アンジェロが鋼の剣を手渡してきた。

「エリィも、士官学校で剣技講習を受けましたよね。あの丸太を斬れますか？」

「薪《まき》割《わ》りみたいに、上から木目に沿って割るんですか？」

「いいえ、横に斬ってください」

エリィは剣を受け取って考えたあと、首を横に振ってアンジェロに返した。

「私が丸太に当てたら、剣の刃が欠けてしまいます。この剣は刃が薄いですし」

「じゃあ、この剣で僕が丸太を斬れたら、ちょっとは安心して、信用してくれます？」

アンジェロがにっこり笑った。

——斬れるのかな？　不安定な台に丸太を縦に載せただけだし。剣の刃がつぶれて、丸太はそのまま倒れそう……。

「曲芸のようで本当に恥ずかしいのですが。少し離れていてくださいね」

言われたとおりに数歩下がると、アンジェロが両手で剣を握りしめ、かまえる。

——剣技の先生みたいに綺麗なかまえ。肩に力が入ってないし、上手なのかも？

エリィがそう思うのと同時に、アンジェロが身体をひねり、すさまじい勢いでぶんと横に振った。丸太は真横に断ち斬られ、台の上から転げ落ちた。

――え？

何が起きたのかよくわからず、エリィは丸太に歩み寄った。

本当に斬れている。いや、それ以前に、アンジェロが剣をかまえたあとの動きがよくわからなかった。どうすれば重い鋼の剣をあんなに軽々と振り回せるのだろうか。

「丸太が真っ二つになっちゃいました」

呆然とエリィはつぶやく。

「はい、幼い頃から剣を習っているおかげで、僕も少しは戦えるんです。これからも気をつけて、命を守ること優先で行動しますから、あまり心配しすぎないでください」

――嘘……これは少しは戦えるとか、そういう次元の腕じゃないでしょう……。

エリィはアンジェロを見上げて尋ねた。

「あの……私が宵闇騎士団で働いていたとき、辻斬りが身元不明のごろつきたちを殺しまくっていたことがありましたよね？」

騎士団の誰一人として慌ても騒ぎもしていなかった事件のことが、なぜか頭に浮かんできて仕方がない。

太い丸太を一刀両断できる剣の腕があれば、人間なんて冗談抜きでひと太刀で斬り捨てられるのではないか。

「怖い事件でしたね」

だが、アンジェロからはすっとぼけた答えが返ってくる。

「絶対に嫌いにならないので教えてください。アンジェロ様、犯人をご存じですね？」

アンジェロが困ったように笑う。

「誰なんでしょう？」

「犯人、私の未来の旦那様のような気がするんですけど？」

「そんな気もしますね。襲撃されて返り討ちにしたような気がします」

にこにこしているアンジェロの両腕を摑み、エリィは低い声で言った。

「アンジェロ様」

「まだ様付けなんですか？　呼び捨てにしてくださいって言っているのに」

アンジェロがいつになく甘い声で言う。ちょっと胸が弾んだが誤魔化されない。

「そ、それは……結婚してから呼びます……！　そうじゃなくって、一人で歩き回って、敵をおびき寄せたりしていませんよね？　むしろ襲われる気配を感じて、嬉々として迎え撃ったりしていませんよね？」

最近、アンジェロの『優しく見えるが時々思い切りがよすぎる』性格がわかってきたので不安でならない。

「嬉々としてではありません、嫌々です。僕は平和と貴女を愛しているので」

やはりエリィの嫌な勘は当たっていたようだ。

「危ないことしないでください」

「ですが、あちらが特殊行動班を狙ってきたわけですし、罪もない誰かを巻き込む前に片付けてしまいたかったんです」

エリィは一瞬言葉に詰まったが、アンジェロの青い目を見据えて言い返す。

「戦ってくれる人たちがいるから、一般人の私たちが平和に暮らせるのはわかってます。だけど、心配なんです、私は！」

「嬉しいな。愛しい貴女にそう言ってもらえるなんて」

額に口づけされ、エリィは真っ赤になってしまった。どうしていつも主導権を握ったと思った瞬間に引っくり返されるのだろう。

「そ……そんな言葉では誤魔化されません。本当に心配しているんですから……」

「最近、僕たちを襲ってきた組織を一つおとなしくさせたんです。ですからしばらくは平和に暮らしていけると思いますよ」

アンジェロがにっこり笑った。だがエリィとしてはまだ納得できない。

「危ないことには、絶対に自分から飛び込んでいかないでくださいね？　この約束を破ったら、私、実家に帰りますから」

「それは困る、なるべく脊髄反射で戦いに飛び込まないよう気をつけます」

アンジェロに抱き寄せられ、エリィはそっとその胸にもたれかかる。

「私は貴方が好きだから、怪我なんてしてほしくないんです」

途端にアンジェロの鼓動が跳ね上がる。

どくどくと刻まれる心臓の音を聞きながらエリィは言った。

「ハーシェイマン大公としての責任を果たしておられるアンジェロ様のことは、誇らしく思います。だけどやっぱり、アンジェロ様が傷ついたら私は苦しいです」

「ええ、僕も……貴女が傷つけられたときは、本当に苦しかった」

「同じでしょう？　だったら私の心配もわかってもらえますか？」

「……もちろんです、エリィ」

しばらく無言で抱き合ったまま、エリィはアンジェロのぬくもりを確かめた。

彼を失いたくないならば、定期的にしっかり釘を刺さねばならないのだ。

『愛しているから、無茶をしすぎないでくれ』と。

——やっぱりアンジェロ様のことは、私が守らなくちゃ。

エリィは、そう思いを新たにした。

——部屋から出て自由に歩き回れるのは、やっぱり幸せだなぁ……明日からは、大公妃の勉強も再開してもらおう。

エリィは寝間着姿でアンジェロの新しい部屋を目指していた。

いつでも見に来てくださいと言ってくれたので、ちょっと楽しみだったのだ。彼はどんな部屋に暮らしているのだろう。

未来の『大公夫妻』の部屋は、今はまだ隣り合ってはいない。

大規模な工事をして新しい『大公夫妻』の部屋を作るそうだが、それまでの間アンジェロは広い立派な主寝室に移ったのだ。サヴィーもロッテも喜んでいる。

アンジェロの部屋の前に立ち、エリィは扉を叩いた。

「エリィです」

すぐに扉が開き、髪を下ろしたアンジェロが姿を現した。素肌に膝下までのガウン姿で、入浴を済ませたあとらしい。

そういえば、彼が髪を下ろしている姿は初めて見るのだった。

見慣れない姿のせいか、落ち着きを失ってしまう。

——き……綺麗……皇族の方は皆様お美しいけれど、アンジェロ様はずば抜けて綺麗だと思う……これって私の欲目なのかしら……。

エリィは頬を染め、うつむいてアンジェロに挨拶をした。

「こんばんは、遅い時間にごめんなさい。アンジェロ様のお部屋を見に来ましたけど……お着替えなさってからにしましょうか？」

「いいえ、このままで大丈夫です。どうぞ」

アンジェロに手を取られてエリィは部屋に入った。

ついつい髪を下ろしているアンジェロを見上げてしまう。絹のような金の髪が背の半ばほどまでを覆っていて、絵の中から抜け出してきた人のようだ。

「どうしました？」

「い、いいえ、髪を下ろしているアンジェロ様が初めてで、素敵だなって」

「そうですか？　じゃあ切らずに伸ばしておこうかな」

エリィは驚いて問い返す。

「切るつもりだったんですか？」

「はい、長髪だと若干父に似なくなる、という理由で伸ばしていたんです。でも、もう関係ないから切ろうかなと」

アンジェロの心境の変化を嬉しく思いながらも、エリィは言った。

「どちらも素敵だと思います。でもあまりに綺麗だから、少しもったいないかも」

「あ！　伸ばしておけば、おそろいのリボンが結べますね！」

突然ひらめいたとばかりにアンジェロが言った。

「えっ？　え？　おそろいっ？」

エリィは驚いて問い返す。恋人とおそろいの品を身につけるなんて恥ずかしい。

しかもエリィはほとんど大公邸から出ないのだから、使用人全員に『アンジェロ様とおそろいのリボンをしている』と思われながら過ごさねばならないのだ。

「嫌です……恥ずかしいから……」

真っ赤になって言い返すと、アンジェロが機嫌のいい笑顔で言う。

「僕は全然恥ずかしくありませんよ。花柄でも桃色でもかまいません」

アンジェロくらい容姿が整っていると、それはそれで似合いそうだ。しかし困る。

「だって、サヴィーさんとかロッテさんとか、皆さんに『おそろいだ』って思われながら過ごすんですよ？　無理です！」

「嬉しいな、よいことに気づけました。さっそくリボンを何百種類か取り寄せます」

アンジェロの頭にエリィの抗議の言葉が届いた様子はない。

「買わないでください、しかもそんなに大量に！」

「貴女の髪に似合う色を選びましょう」

そう言いながらアンジェロが背後に回り、下ろしたままのエリィの髪を指先で梳き始める。鼻歌を歌わんばかりにご機嫌だ。

――駄目だ……もうリボンに飽きるまで好きにしてもらうしかない……どうせいつかまた違うことを思いつくのだろうし……。

突っ走るアンジェロに慣れてきた、と思いながら、エリィは部屋を見回した。

広い部屋の大半が書架で、図書館のような部屋だ。

とにかく大量の本がこの部屋の中に存在している。物語も研究書も行政資料も、様々な種類の本が手当たり次第に詰め込まれているようだ。

きっと別の場所に保管していた本たちを自室に移したに違いない。

――アンジェロ様は、本当に本がお好きなのね。一緒に出かけたときも古本屋さんに飛び込んでいったもの。

本以外には目立つ物は置かれていない。彼らしい部屋だと思いながらエリィはアンジェロを振り返った。

「ありがとうございます。綺麗なお部屋で安心しました」

アンジェロの返事はなかった。

さっきまで髪を弄っていたのにどこに行ったのだろう。

——本当に気配がないな……すごいな……。

うろうろと書架の間を探し回るがアンジェロの姿は見えない。

「すみません、寝室に本を持ち込んでいたので片付けてきました」

アンジェロが、山のような本を抱えて反対側の扉から出てきた。大きな机の上に本の山を置き、エリィににっこり微笑みかけてくる。

——え……？　なんで寝室を片付けたの？

本能的に半歩後ずさったとき、エリィの身体は軽々とアンジェロに抱え上げられていた。

「では、これから一緒に、寝室の使い心地を確認しましょうか」

「使いごこ……ち……？」

声が裏返る。何をしようと言われているのかはわかるが、そんな予定はなかった。一応病み上がりだし、部屋だけ見たら帰されると思っていたからだ。

「いえ、あの……今日はやめておきます……」

まさか今夜誘われるとは思っていなかったので、思い切り気を抜いて、へそまである下着を穿いてしまったのだ。病人気分を引きずって油断していた。

「もう僕の身体に飽きましたか？」

寂しそうな顔で尋ねられ、エリィは慌てて否定する。

「あっ、いいえ、違います、そうじゃなくてあの」

——下着が……変なやつなので……。

口にするのも恥ずかしくて、みるみる顔が熱くなってくる。エリィは必死に言い訳を考えながら言った。

「あっ、相性は、この前確認させていただいたので、大丈夫です」

「いいえ、僕の点検は定期的にお願いします」

アンジェロが言い終えると同時に、エリィの身体がそっと寝台に下ろされた。

「て、点検しようなんて考えていなかったです、まったく！」

このままでは変な下着を見られてしまう。背中にうっすら汗がにじんできた。

「僕は貴女に点検してほしくて、おかしくなりそうなんですが」

アンジェロが、寝台に正座しているエリィにのしかかるようにして口づけてきた。

——こ……この雰囲気は……ああ……。

口の中にアンジェロの舌が入ってきた。教本でこのような接吻があることは知っていたが、体験するのは今日が初めてだ。

舌が絡まり合うたびにぴちゃぴちゃと音がした。初めて抱かれた夜のことを思い出し、エリィの脚の間が怪しくうずく。

アンジェロの手が寝間着の裾に忍び込んできた。足に手を這わされ、エリィの身体がびくりと震える。

——あ……だめ……脱がされ……。

エリィは慌ててアンジェロの手を押さえた。口腔《こうこう》を嬲《なぶ》られながらも必死で下着を脱がされるのに抵抗したが、無駄だった。本気で脱がせようとするアンジェロの強引さには敵《かな》わず、緩い下着はするすると脱がされてしまう。

——やだっ！

アンジェロは下着を見もせずに寝台の下に放り出す。

——ん？

そしてエリィの寝間着の帯をほどくと、唇を離し、二枚重ねの寝間着を剝ぎ取って、同じように寝台の下に放り出した。

——あれ？　下着とかって、男の人には見向きもされない……のかな？

助かった……と思っていると、向かい合って座っているアンジェロが、全裸にされたエリィの耳に唇を寄せてきた。

「僕の帯もほどいてください」

「え……あ……私が……？」

エリィは震える指をアンジェロの帯にかけた。男用の帯は硬かったが、予想以上に簡単にほどけてしまった。

「ガウンも、貴女が脱がせてください」

甘い声で囁かれ、エリィははじかれたように頷いた。

「は……はい……っ……」

アンジェロの手がむき出しの腰や内腿を撫で回す。エリィは息が荒くなるのを感じながら、アンジェロのガウンに手をかける。

「んあっ！」

急に乳嘴を指先でつねられて、はしたない声を漏らしてしまった。エリィは慌てて息を吸い込み、アンジェロのガウンの身ごろを大きく広げる。

そして思わず声を上げた。

「どっ、どうして裸なんですか、下着は？　っ、やっ、ああんっ！」

アンジェロのたくましい身体をガウンが滑り落ちていくのと同時に、エリィの身体は寝台に押し倒された。

「貴女が部屋と僕を見に来てくれるというので、全身くまなく点検してもらうために、あらかじめ脱いでお待ちしていました」

エリィはごくりと喉を鳴らし、おそるおそる『その部分』を見た。それはもうものすごく元気だ。なぜこんなことになっているのだろう。

「なっ、あっ、変ですよっ、そんな……」

「変ではありません。ガウンの下に何も着ないで貴女を待っているのは素晴らしい経験でした。これからもたまにこうして待ち合わせしましょう」

ガウンをかなぐり捨てたアンジェロが、エリィの片脚を肩の上に担ぎ上げ、脚の付け根に口づけてくる。

脚の間に頭を埋《うず》められ、何も考えられなくなる。

「なに、あっ、やだ、やだぁっ！」

突然あやうい場所に触れられ、エリィは悲鳴のような声を上げた。和毛にアンジェロの頬がこすりつけられる。

「いやあぁっ、なにして、っあぁっ！」

エリィはアンジェロの唇を振りほどこうと必死に身体をくねらせた。

「そんなところ、口づけしちゃ嫌ぁ……あぁ……っ……」

ちゅ、ちゅっ……と肌に唇が吸いつく音が聞こえてくる。そのたびにエリィの脚の間の裂け目はどろりと濡れ、ひくひくと震えた。

口づけはだんだん場所を変えていく。アンジェロの舌が和毛に覆われた場所を這い、さりさりと音を立てて舐めるのを感じた。

「い……いや、そこ……いや……！」

とうとうアンジェロの唇が秘裂に移ってきた。

蜜で湿った場所にゆっくりと舌が割り込んでくる。

「な……舐めちゃだめ……あぁ……」

柔らかな髪が腿にかかるのを感じた。エリィは必死に腰を引こうとしたが、片脚を押さえ込まれてまったく自由に動けない。

「アンジェロ様、やだ、やっ、あんっ」

あられもない姿で秘所を弄ばれながら、エリィはアンジェロの頭を押しのけようとした。けれど、彼の唇は離れない。

舌が陰唇を割り、ゆっくりと抜かれて、次に弱い場所を舐め上げる。

「あっ、あっあ……いやぁぁっ」

繰り返し舐められるごとに、身体の奥から熱いものが溢れてくる。ぐちゅぐちゅという音に合わせてエリィの腰が揺れ動いた。

「んんっ！」

アンジェロの舌先が再び蜜孔に沈み込む。

湧いてきた蜜をすすられてエリィの下腹部がひくっと波打った。

「もう……やだぁ……っ」

あまりの恥ずかしさにエリィは半泣きになった。アンジェロがようやく顔を上げ、身体を起こして唇を手の甲で拭う。

「いい反応です、舌を入れてもちゃんと僕を搾り取ろうとしていました」

「な、なに言って……」

「抱いてもいいですか？」

エリィの片脚を肩から下ろし、大きく股を開かせながらアンジェロが尋ねてくる。

「だ……駄目って言ったって……するんでしょう？」

「はい」

爽やかに答えられ、エリィは枕の端を掴んで身がまえる。むき出しの秘所に視線を感じながら、エリィはぎゅっと目をつぶった。

アンジェロが身体を起こしたまま、肉杭の切っ先をぴたりと押し当ててきた。

「こうしてくっつけるだけで、吸いついてくるみたいなんですよ」

「言わなくていいです……恥ずかしいから……！」

「少しだけ挿《い》れたら、貴女はどんな反応をするんでしょう」

アンジェロが中に入ってくる。先端のくびれた部分までを挿入し、そこで動きを止めた。

エリィの身体に甘い熱がともる。

浅い場所で杭をとどめたまま、アンジェロがそれを小刻みに前後させる。

肉杭を咥え込んだ場所がねだるように収縮した。

「この場所で果てても、一応子供は作れるんですよね」

「な……何言ってるんですか……」

エリィは、危うい台詞を口走るアンジェロの様子をうかがう。

「それが楽かもしれないですね。合理的ですから、先端だけで交わりましょうか」

「え……」

接合部から蜜がたらりとこぼれたのがわかった。

一度奥をかき回される快感を教え込まれたのに、こんな半端な行為でやめられたら……。

エリィは唇を噛んでアンジェロを睨みつける。

「……お好きにどうぞ」

そう言って顔を背ける。本当はほしいのに、意地悪なことを言われて素直にねだれなくなってしまったからだ。

「でも不思議なんです」

アンジェロがゆっくりと覆いかぶさってくる。

「自分の好きな人には、ぐちゃぐちゃに蕩けてほしいものなんですよ。理屈ではありません。今日もエリィにはいやらしい声を出して、いっぱい感じてほしいです」

そう言うと、アンジェロはすねて横を向いたままのエリィの耳を噛んだ。

同時にゆっくりと熱杭が押し入ってくる。

「行為に必要な熱量が増えるのに、どうしてどろどろになるまで身体をこすりつけ合いたくなるんでしょう」

「あ……あっ……」

粘着質な音を立てながら、エリィの身体が奥深くまで貫かれる。

中途半端に焦《じ》らされた分、ひどく身体が熱かった。

「こんなふうに、こうして、貴女にあえいでほしくなる」

「ん……あ……やだ、や……」

接合部がのろのろとこすれ合う。恥骨で圧迫され、弱い場所を繰り返しさいなまれて、エリィは思わず腰を揺らした。

アンジェロを呑み込んだ場所がぐちゃぐちゃと淫らな音を立てる。

まるでこの場所でアンジェロをしゃぶっているようだ。

そう思った刹那、エリィの隘路がぎゅっと締まった。

「気持ちよくなりましたか？」

「べ……別に……あ……あん……」

深々と身体を穿《うが》たれたまま、エリィは首を横に振る。

もうすぐ果てそうだ、なんてまだ言いたくない。まだまだ平気なふりをしなければ。

「僕はすごく気持ちよくなりました」

アンジェロがエリィの耳朶《じだ》に舌を這わせ、からかうように囁いてくる。

「エリィのここも、僕と交わって気持ちいいと言っているみたいですが？」

アンジェロの指先がエリィの乳房の先端をはじいた。

「や、やだ、だめ」

大きな身体に組み敷かれたまま、エリィは背をそらしてもがく。

「それ……しないでっ、いやぁ！」

「でも、ここを可愛がると、貴女の中がすごくよく締まるんです」

「やらしいこと……言わないで、あ、あぁ」

アンジェロの指先が、執拗に乳嘴を弄ぶ。指先で硬くなった蕾《つぼみ》をつぶされ、しごかれて、目尻から涙が溢れる。

「い……いっちゃうから……駄目……ですっ……」

快楽を逃そうと身体を揺らすたびに秘裂から熱いものが漏れて、肌を伝って流れた。

「んぅ、や……胸……いや……」

隘路はますますはしたない音を立てて、アンジェロの杭にむしゃぶりつく。

「貴女は奥まで挿れられるのがお好きなんですね……僕もです……もっと搾って」

「し……搾り……ます……」

「もっと」

「こう……？　んあ……！」

膣襞《ちつひだ》が震え、耐えがたい快感が下腹部を駆け抜ける。

エリィはたまらずにアンジェロの腰に脚を巻きつけ、彼の身体にしがみついた。引きしまった胸板がエリィの乳房を軽く押しつぶす。

「あ……あっ、あっ、あ」

腰を揺らすのを止められない。

愉悦の波が近づいてくるのを感じる。

「きもち……いい……」

身体中を火照らせながら正直に告白する。

エリィは背に回した手で、アンジェロのつややかな髪を摑んだ。

——だめ……もう……私……。

「やっぱり、一番奥で交わりましょうね、エリィ」

アンジェロに囁かれ、エリィは彼の首筋に顔を埋めたまま何度も頷いた。

こうして密着し合っていると、彼の体温も汗も息づかいも感じられてとても幸せだ。

「……いっぱいエリィの中に出せるのが嬉しいです、交わるたびに貴女の中が馴染んでくるのも最高で……これからもたくさんしましょうね、エリィ」

「んあ、あ、あぁんっ」

激しく突き上げられ、エリィは無我夢中で腰を揺する。

繋がり合った場所はもうびしょびしょだ。

「本当は……こんなふうに愛し合う前に、貴女の身体中に口づけして、痕を残したかったんですが……我慢できませんでした。挿れないなんて……無理です」

エリィの身体を穿ちながらアンジェロが言った。

そんなの止めなくては。侍女にお風呂に入れてもらうときに呆れられてしまう。

「痕なんてだめ……あ……んっ……」

「今度挑戦してみます。今度こそ……貴方の身体中に僕の口づけの痕を……」

繰り返し勢いよく貫かれて、エリィは身をくねらせた。

「しなくて……いい……からぁっ……」

下腹部に強い収縮感を感じて、エリィはアンジェロにしがみついた。

「もうやだ、だめ、あああぁんっ！」

ぐちゅぐちゅと音を立てながら身体を揺すると、アンジェロに固く抱きすくめられた。

「いっ、いいっ、あぁ……！」

エリィはアンジェロの背にすがりつき、美しい髪に指を絡ませて身体を弾ませる。

「いやぁぁあっ」

目もくらむような絶頂感に襲われたとき、咥え込んだアンジェロのものが中でびくびくと脈打ち、とめどなく熱液をまき散らした。文字どおり『溢れんばかりに』注がれたことがわかる。

乱れた息を整えていたアンジェロが、不意に、エリィと繋がり合ったままの姿勢で言った。

「……赤ちゃん、ほしいですね」

どう聞いても、本気にしか聞こえない声音だった。

「ま……まだ待って……結婚式おわる……まで……っア……」

絶頂の余韻に身体を震わせながら答えると、アンジェロが額に口づけしてくれた。

「わかりました……じゃあ、それまで待ちます……」

——え……なに……今作る気だったの……？

とんでもない台詞に目を丸くするエリィの身体を抱きしめたまま、アンジェロは心の底から幸せそうに言った。

「とにかく僕は貴女が好きです……大好きです……早く結婚して、呼び捨てにしてほしい。子供の前では僕をパパと呼んでくださいね」

——また一人で先走ってる。でも、やっぱり、全然憎めないや。

そんな自分のことを『アンジェロの気性に染まってきたな』と思いつつ、エリィは冷静な言葉を返した。

「生まれたら、考えます……」

「わかりました。でも子供の前でパパと呼ばれるのが夢なんです」

そう言ってアンジェロが頬ずりしてきた。

肌を合わせるたびに、幸せいっぱいの顔になるアンジェロが愛おしい。

エリィはアンジェロの背に回した手に力を込め、頬に口づけを返して言った。

「私、実は……前からアンジェロ様のことが可愛くて仕方ないんです。もちろん格好よくて素敵なんですけど……なんだか可愛く思えちゃうんですよ」

「そうなんですか？　誰かから可愛いと言われたことは今までありませんでした、貴女が初めてですね、新鮮です。おじさんになっても、ずっと可愛がっていただければ嬉しいんですが」

アンジェロの嬉しそうな返事に、エリィは小さな笑い声を立てた。

「多分……いつまでも変わらないと思います」

◆

第六皇女チチェリアの侍女が一斉退職したのは、エリィが殺されかけてから一月後のことだった。

アンジェロは宵闇騎士団の執務机に座ったまま、部下の報告書に目を通していた。

報告によれば、皇帝は給金を倍にすると言って慰留したらしい。

だが、皇女付きの侍女たちは皆、名家の夫人や令嬢ばかりである。金の問題ではないとばかりに、未練もなく辞めていったそうだ。

新たな侍女を集めたとしても『長年勤めていた者が、全員同時に辞めた』という悪評は消すことができない。

同時にチチェリアがハーシェイマン大公家で大変な騒ぎを起こしたらしい……という噂も社交界に広がっている。元々嫌われ者だったチチェリアだが、貴族たちは『妻や娘がチチェリアに殺されかけたら大変だ』と、彼女を一斉に避けているそうだ。

この状況には、末娘に甘い皇帝もお手上げらしい。

ハーシェイマン大公家には、『婚約者』の体調を気遣う手紙が大量に届いている。

皆、チチェリアを切り捨て、アンジェロ・ハーシェイマンの未来の妻のご機嫌を取ることに決めたということだ。

皇帝夫妻と皇太子からは、チチェリアの暴行を詫びるために大量の宝石が贈られてきたが、アンジェロはすべて突き返した。

チチェリアが制裁を受けなければ許さない、という意思表示である。

皇帝もそろそろ、社交界の動向とチチェリアの反省のなさを見比べ、末娘の去就を決めねばならないだろう。

そういえば、数日前にチチェリアの乳母が拘束され、チチェリアが皇帝夫妻に軟禁されたらしい。詳細は部下がこっそり調べてきてくれた。

『皇女の月のものが遅れているって、誰かが匿名で皇帝に密告したらしいですよ。それで、あのお子様に関心がないと有名な皇后陛下もさすがに激怒なさって、乳母をとっ捕まえ、お姫様を医者に診せているとか。まだはっきりとはわからないけれど、おめでたみたいですねえ』

別れ際の侍女頭の笑顔を思い出し、アンジェロはかすかに唇を歪めた。

——どこまでも堕《お》ちればいい。すべてはチチェリアが自分で招いたことなのだから。

エピローグ

アンジェロの母、リズライン夫人が訪れてきたのは、夏の終わりだった。

リズライン夫人は、四十を過ぎているのにとても清らかで美しく、娘のシェールとよく似ていた。

自分を虐げた夫に生き写しのアンジェロを見ても、怯える様子などみじんもなく、青緑色の澄んだ目はひたすら喜びに輝いていた。

『アンジェロ、貴方が健やかならば、私はそれで十分です。貴方を置き去りにしてしまった愚かな母に、こうして会ってくれてありがとう。今まで元気でいてくれてありがとう』

そう言って涙を流すリズライン夫人の表情は、アンジェロにそっくりだった。

彼の優しくて素直な心根は、母親から受け継いだものなのだ。

――きっとシェールさんやディーエン侯爵も、こんなに優しい夫人だからこそ、悲しませたくない、別れた息子に会わせてあげたいと願ったんだわ……。

こっそりもらい泣きしながら、エリィは思った。

アンジェロと母は、また会おうと約束を交わし合っていた。どうやらアンジェロは、父親違いの妹ができて嬉しいようだ。

母と妹に贈るお菓子を焼き、それに添える手紙を夢中で書いているアンジェロの姿が、エリィの目にはやはり可愛らしく見えるのだった……。


ディーエン侯爵一家が訪れてきてから半月ほど経ったあと、アレスが貴族の服装でアンジェロのもとを訪れてきた。

騎士団の制服姿ではないアレスは凛々しく気品があり、別人のようだ。

──こうしてみると、貴公子に見えるのが不思議。普段あんなにがさつなのに。

「エリィちゃん、もう仕事辞めちまうのか。寂しくなるな」

「すみません。どうしても警備上の問題があって、私が仕事を続けることはできなかったんです。雇用されたのにすぐ辞めることになってしまって、申し訳ないです」

「いいって。エリィちゃんとあいつの結婚のほうがずっと大事だからさ。大公妃の仕事も大変だろうし、気にすんな。それより、俺には兄貴共しかいないのに、アンジェロに美人な妹と嫁が一度にできたのは面白くねえな」

アレスの言葉に、エリィは笑う。そのとき応接間の扉が開いた。

「あ、アンジェロ様！　ありがとうございます」

アンジェロは、アレスに飲ませるお茶を侍女に任せず、自ら淹れに行ったのだ。

照れ隠しのように『アレスのために人の手を煩わす必要はありません』と言っていたが、

幼い頃から一緒だったというアレスの好みを熟知しているのだろう。

「お前の好きなミルクティーを淹れてきた。まったく、いるだけで騒がしい」

アンジェロの口調はいつもとちょっと違う。

おそらくは、アレスと話すときはこれが普通なのだろう。

「騒がしい？　俺はお前とエリィちゃんの結婚祝いを持ってきてやったんだぜ？」

「サヴィーに躾《しつ》けられたとおりに上品に振る舞ったらどうだ、エリィの前なのに」

「は？　エリィちゃんは俺がこんなでも別に怒ってねえけど？」

「エリィをちゃん付けで呼ぶな！」

「ふーん、じゃあ奥様って呼ぶわ」

「それもなんとなく気分が悪い。却下だ」

――なんの喧嘩《けんか》してるの……？

エリィは啞然《あぜん》として二人のやりとりを見守った。

だが、アンジェロがこんなに感情むき出しでやり合える相手がいるのはいいと思う。

まるで本物の兄弟のようだ。どちらが兄なのかは不明だが。

「早く結婚祝いを置いて、もう帰れ」

アンジェロの言葉など意に介さず、アレスがにっこりと笑った。

「エリィちゃん、これ俺からの贈り物。結婚、おめでとうな」

アレスが差し出したのは美しい金細工の髪飾りだった。髪をまとめるかんざしだ。優美なバラの花と葉が象《かたど》られている。

「ありがとうございます、アレスさんがわざわざ選んでくださったんですか？」

手を差し出して受け取ろうとすると、アンジェロがアレスの手からそれをさっと奪い取った。

「触ってはいけません、エリィ。これは僕がつけます」

「……ったく、お前、本当にどうしようもなく嫉妬深いな」

アレスがおかしくてたまらないとばかりに笑い出す。

アンジェロは髪を結んでいたエリィとおそろいのリボンをほどき、アレスがくれたかんざしで髪を器用に巻いた。

「ん？　お前にもわりと似合うんじゃねえの？　可愛いぜ」

アレスが再び笑い出し、ミルクティーを一気に飲み干して立ち上がった。

「あー、うまかった！　ごちそうさま。そいつは二人で仲良く使ってくれ。また遊びに来るよ、じゃあな」

アレスを見送り、エリィは笑いながらアンジェロに寄り添った。

「アンジェロ様、アレスさんはからかっているだけだと思いますよ。本当にお祝いに来てくれたのだと思います」

「でも貴女をちゃん付けで呼ぶなんて……でも奥様呼ばわりも嫌ですね、そもそも貴女にアレスが馴れ馴れしくするのが嫌です」

――珍しく対抗心むき出し……可愛い……。

ブツブツ言っているアンジェロと腕を組み、エリィは言った。

「それより、私のお部屋にそろそろ仮縫いの結婚式のドレスが届きますよ。一緒に仕上がりを見てくださるんでしょう？」

「……そうでした。アレスがいきなり押しかけてきたので、忘れるところでした」

エリィはアンジェロと腕を組んだまま応接室を出る。

「私たち、あと三ヶ月したら結婚式を挙げるんですね」

しみじみ言うと、アンジェロが同じく時の流れを嚙みしめるような顔で頷いた。

「早く赤ちゃんがほしいな」

「そ、それは、人前で言わないでくださいね」

真っ赤になったエリィの頰に、アンジェロが優雅に口づける。

「照れなくていいのに」

「だって絶対に恥ずかしいです！」

照れ隠しにぷいと横を向くと、傍らでアンジェロが楽しげな笑い声を立てた。

「エリィ、これから先何があっても、貴女が幸せそうにしていてくれるなら、僕は嬉しいです。子供も絶対に必要なわけではありません。まずは貴女が幸せでいてください」

心のこもった声音に、エリィは驚いてアンジェロを振り返る。

秋用の絨毯に換えたばかりの廊下に、昼間の明るい光が差し込んできた。

陽光がアンジェロの黄金の髪を、さながら宝冠のようにきらめかせる。

愛しい男の麗しい姿に、エリィの目が吸い寄せられた。

「僕は、出会ったときから、貴女が喜ぶ顔がずっと好きでした」

アンジェロの青い目に優しい光が浮かんだ。

「ですから幸せでなくなったときは、すぐに僕に教えてください。どんな気持ちでも、素直に話し合える関係で居続けたいんです」

「アンジェロ様……」

胸がいっぱいになり、エリィは頷いた。

「わかりました。アンジェロ様も私になんでも言ってくださいね……今も、思ったことは全部言ってくださっていると思いますけど」

「はい、それはもう。これからもなんでも話しますから、お任せください」

アンジェロの堂々とした返事に、エリィは我慢できずに笑い声を立てた。

完

あとがき

栢野すばると申します。

このたびは『地味な事務官は、美貌の大公閣下に愛されすぎてご成婚です!?』をお手にとってくださり、本当にありがとうございました。

今作は「ラブコメを書こう！　可愛い男を書こう！」と思って制作いたしました。手に取ってくださった方が、少しでも楽しんでくだされば嬉しいです。


今回のヒーロー、アンジェロは、ちょっと変わっていますが、本人がやりたいと決めたことは突っ走ってやり遂げてしまう男です。

それに純情可憐（?）に見えて意外と腹の底が知れないタイプでもあります。

『たぶん大公閣下ってアホじゃ務まらんだろうな〜』などなど、いろいろと考えて書いた結果、このようなキャラ造形になりました。

普段は可愛く、要所要所では容赦なく……といった、二面性のあるヒーローになっているといいなと思います！

ヒロインのエリィは可愛い真面目な新人事務官です。

大公閣下のようなタイプのイケメンには、このくらい凪《なぎ》な精神を保ち続ける女の子がちょうどいいのかな……と思っています。

大人しい顔して暴れん坊な大公の手綱を見事に取って……アンジェロはたまに暴走しそうですが、それでもエリィがたぶんちゃんと手綱を取っているので、今後も二人でラブラブに生きていくものと作者は思っております。

最後になりましたが拙著の表紙、モノクロイラストを担当いただきました炎かりよ先生、三度目のご縁をいただき、誠にありがとうございます。今回のイラストも本当に美しく、拙著にはもったいないほどです。

また、刊行の機会をくださった担当編集様、誠にありがとうございました。

それから、拙著をお手にとってくださった皆様、お忙しい中、貴重なお時間を割いてお読みくださったものと存じます。本当にありがとうございました。

またどこかでお会いできれば幸いです。

栢野すばる先生、炎かりよ先生へのお便り、
本作品に関するご意見、ご感想などは
〒101-8405
東京都千代田区神田三崎町2-18-11
二見書房　ハニー文庫
「地味な事務官は、美貌の大公閣下に愛されすぎてご成婚です⁉」係まで。

本作品は書き下ろしです

Honey Novel

地味《じみ》な事務官《じむかん》は、美貌《びぼう》の大公閣下《たいこうかっか》に愛《あい》されすぎてご成婚《せいこん》です⁉

2022年7月10日　初版発行

【著者】栢野《かやの》すばる

【発行所】株式会社二見書房
東京都千代田区神田三崎町2-18-11
電話　03(3515)2311［営業］
03(3515)2314［編集］
振替　00170-4-2639
【印刷】株式会社 堀内印刷所
【製本】株式会社 村上製本所

落丁・乱丁本はお取り替えいたします。
定価は、カバーに表示してあります。

ISBN978-4-576-22083-3

https://honey.futami.co.jp/